강둑에 어깨를 기대어 두고

지상규 시집

시원
도서출판

7월

창문 밖,

선홍빛 장미가 지난한 세월에도 詩에 대한 갈증을 해결 못하고 멈추어 있는 나를 비웃으며, 만개했던 꽃 잎 이마의 땀을 닦아내고 있다.

여유도 없는 삶을 독촉하며 선홍빛을 발산하는 꽃잎 이 떨어져도, 또다시 어쩌지도 못하는 내 마음을 둘러 메고 고향 하늘을 등진 채 산을 넘어, 혼수상태인 삶을 미숙未熟한 시詩로 한 땀 한 땀 수繡를 놓아 보았다.

등진 하늘을 가슴에 안고 쓰디쓴 삶의 여정을 깊은 강물에 담가 숨을 헐떡일 때도, 시마詩魔가 찾아오지 않아 밤을 지새우며, 새벽별을 가슴에 얹어 놓고 시詩의 갈증을 풀어 헤쳐 보려 대숲에서 불어오는 바람의 엉덩 이를 밀어 나를 대숲의 파노라마에 실어보았다.

가뭄에 목말라 애타는 풀꽃들의 신음 소리에 애처로 움으로 가슴을 움켜쥐며, 부끄럽고 송구스럽지만, 첫 시 집 속에 단 한 사람이라도 위안이 되는 한 편의 시가 있기를 바라면서 발가벗은 채로 세상에 나를 던져본다.

신인상에 당선을 아낌없이 선정해주시고 시평을 기꺼 이 써주신 김송배 선생님께 깊은 감사를 드립니다.

2022년 7월에 지 상 규

차례

제 2 부 __ 가지 끝의 사랑

차례

제 3 부 _ 가을바람 거두는 강둑

제4부__봄을 심고 있습니다

제 1 부

아직도 부족하다

빈집의 구들장이 되어
남을 위해 뜨거워지지 못하고
혼수상태인 채로 있는 나는 무어라 할까

– 「빈집」 부분

매미 울음 그치는 날

교실 밖 매미들이 짙은 열선을
보듬는 나무들에 기대어
또 한 여름을 지탱하고 있다.

빗발치는 폭우 속을 뚫고
자기 온몸에 피를
토하며 울어대던 매미

뚝, 뚝,

가을이 매미 몸속을 파고 들어가려고
수수밭을 지글지글 끓게 한 햇빛을 받아
또아리를 틀고 있다

기회 되면 다음에 또 울기 위해
지금은 자기 몸을 내려놓고
낮은 자세로 땅속에 묻어버린다

그토록 목이 메이도록
목청껏 울음을 뱉어 버리는 이유,
그게 사랑이라는 것을, 아무도 모른다

별똥별

밤하늘의 별빛 속에
하나,
하나,
새벽이 지워지고 있다
그대 아픔도 떨어진다
내 기다림도 떨어진다
그대의 별은 가슴을 두들겨 멍이 들었고
내별은 손톱을 깨물어 피가 난다
매화꽃이 떨어져 흩날려도 뒤돌아보지 말자
또다시 시간이 흘러 꽃을 피워 올리면
그리움을 매화나무 가지 끝에 매달아 두자
숫처녀 젖꼭지처럼 붉게 핀 봉오리는
그게 첫사랑이었음을
떨어진 잎에 묻어 두고,
하나하나 밟혀도
너와 나의 별을 그만 아파하자
매화꽃들이 내려앉아 향기를
눈송이 되어 깔아 놓으면
가슴을 밑에 깔고 벌거숭이로 누워
여명黎明을 헤집고 스며나오는 붉은 햇살을
두 팔로 안아보자
우리들의 사랑을 듬뿍듬뿍

허공에 매달아 산 중턱에
걸쳐놓자

허공

모두가 떠나고 혼자다
국제선, 국내선 불빛만
방랑객의 발걸음을 지척지척,
삶의 무게를 비행기 바퀴에
매달아 하늘로 날린다
생의 굴레를 구름떼 끝,
창공 속 쉼터에 안착시킨다
삶의 상흔傷痕을 날개에 얹혀두고
외롭게 날아가는 비행기처럼
제 항로를 따라 혼자인 것을,
이제는
이순耳順, 느리게 가야 할 때도 되었는데
생生의 미련이 남았는가
한 계단, 한 계단 밟아도 되는 것을,
스르륵 스르륵 에스컬레이터에 몸을 실어
비행기 속에 나를 밀어 넣는다
한 마리 떠 있는,
아니, 떠도는
새가 되어,
극락極樂을 맴돌고 있다
구름 위
수평선 끈을 붙잡는

뱃사공이 허공을
낚아챈다

검은 쇠 몰고 오는 저녁*

비바람이 몰아쳐 제주 흑우
골목이 휘황찬란하게
비틀거리고 있다

섬 하나 집어삼키려는
새떼들처럼 가지 않은 길을 찾아
떠도는 족속族屬들이 바글바글
거리를 매몰차게 휘돌아 떠돌며,
검은 쇠 몰고 오는 저녁을 상차림 한다
하늘 속을 날아 영혼을 풀어헤친
흑우 살점들을 한 점, 한 점,
물어뜯어 자신들을 채우고 있다

순간,
거무스름한 저녁을 뚫고 던지는
별빛 줄기들이 자욱한 연기 속에서
소주 한 잔 들이켜며 트림하고 있다
몸에 찌 들린 때를 씻어 안주 삼아,
비곗덩어리를 둘둘 말아
비틀거리는 바람에 쌈을 싸먹는다

뜯어져 나가는 비곗덩어리들이 싹둑, 싹둑

신음 소리 내며 잘려나간다
비곗덩어리는 서리서리 얽혀 있는
탯줄들을 자르며, 별빛을 삼키고 있다

* 제주 흑우 전문점 간판

비가 내린다

창밖,
비가 내린다
빗소리가 붉은
불꽃을 피우는 산수유
입술을 훔치고 있다 나뭇잎
끝에 빗방울이 흘러흘러 고향 산천
냇물이 부풀어 올랐다 송사리떼가
거슬러 어매의 가슴을 삼키고 어도로 향한다
나도 송사리떼 쫓아 깊어지는 물에 나를 담근다
누군가 얽어놓은 초망에 송사리떼들이 우굴우굴, 빠져
나오려 몸부림치며 목을 감아도 본다 머리가 터져라 부딪혀도
본다 펄떡펄떡, 헐떡헐떡, 자지러지는 순간, 어매의 따뜻한
젖무덤이 외로움을 품어 얽은 초망을 녹이고 있다 그 밤,
등잔불 빛 어스름이 한 올 한 올 실오라기 되어
나를 감싸 안아 엮어간다 서까래 지붕을 뚫고
나오는 별빛이 어매의 잔주름 골짜기를
이루고 있다 폭우 속에 生을 질주
하는 굴레들이 나를 집어삼켜
강물 속에 던져지고 있다
빗속을 헤집고 튀어나
오는 하늘만 보고
멀뚱멀뚱 동그
라미만 그
린다

산을 오르며

산,
멈춰버린
새들의 지저귐,

돌 틈새로 피어나는
야생화 세상을 잠재우려
몸부림치고 있는 허탈한
마음과 그대의 아픔을 송골
송골 맺힌 땀방울을 이마에 삭히고

꽉 찬 나무들 틈새 비춰 오는
한 줄기 빛 떠가는 구름에 못다한
노랫가락 띄워 보내고

목이 터져라 울부짖는 메아리 되어
개암나무 끝에 매달려 웅크리고 있다
처절하게, 피 울림으로 서녘 하늘에 나를
파묻어 삼키고 떠나갈 듯이

천사대교
– 누이를 그리워하며

슬금슬금 비가 내려
너와 나의 삶이 빗속을 헤집고
선율 따라 읊어지고 있다

세상 삶을 짊어지고 가는
강물처럼 생生의 가시를 대교
끝에 던져놓고 너를 안고 가라 하는가

대교 아래에서 빗소리에 젖어 스며드는 남도
뱃노래가 삶의 아픔을 만지며, 섬진강 물을
빨아들여 그리움을 삼켜 버리려 하는가

끝 모퉁이는 너와 나의
사랑을 묻어 두고
병어 살점을 한 점, 두 점,
허공에 소주 한 잔 띄워
너의 가슴을 풀어 헤친다

어젯밤,
'목포의 눈물'이
나를 덮쳐 그리움에 수繡를 놓아
너와 나의 생生을 휘감아 돌리고 있었다

20

그 수繡를 대교 밑,
붉은 물결을 치며 흘러가는 강물에
던져두고 가려 한다
섬진강물이 내 뒤통수를 후려치고 있다
천사대교를 감싸 안으며

거리가 취해서

거리가 취해서 비틀거리고 있다
여기저기 욕정에 굶주린 여
우들이 시름시름 앓고 있는
불빛들을 안고 넋두리를
늘어놓고 있다

"사랑은
무슨 사랑"

'지랄'

소주잔은 이슬 맞으며 점점 어두워
지는 새벽 별 속에서 하얀 살갗을
드러내는 진주들을
더듬, 더듬,
한 줄기라도
붙잡으려
몸,
부,
림, 치고
있다

거리가 취해서 악취를 풍긴다
검붉게 물들여진 진주들이 짓
눌려 터진 가슴을 껴안고 별
을 헤집고 나오는 텅 빈
공간을 쳐다보며 신음
소리를 뱉어
내고 있다

아직도 부족하다

아직도 부족하다
내가 무슨 시를 쓴다고,
나뭇잎이 바람에 갈기갈기 찢기는데
나뭇잎의 아픔을 안아주지도 못하고
빗방울이 가슴에 멍이 들어 울화가 치밀어도
빗방울 눈물을 닦아주지도 못하고
접시꽃의 살갗이 햇볕에 에이어 목말라하는데도
에인 살갗에 물 한 모금을 발라 주지도 못하고
비바람이 문풍지를 뚫고 사랑의 속삭임을 뒤틀리게 해도
비바람 옆구리를 쳐서 달래주지도 못하고
순댓국 내장이 펄펄 끓어 아픔을 토해내는데도
돼지의 쓰라림을 엮어 내지도 못하고
밭고랑에서 정신없이 자란 풀들이 예초기에 사정없이 목이
잘려 나가는 데도 목을 보듬어 핏물을 쓸어 모아 장례
식도 치루지 못하고
미루나무가 강물을 다 말아 먹어 고기떼들의 살점이 뜯
어지는데도
고기떼에게 아까징끼를 발라 쓰다듬어 주지도 못하고
매미들은 나무 그늘을 기둥 삼아 울어 대며 시詩도
못쓰면서 잘 난체 한다고 쓰브렁, 쓰브렁,
나는 무슨 소린지 듣지도 못하고 멍청하니
귀만 빌려주고 있다

아, 그런데
연필이 손끝을
쿡, 쿡,
피가 난다,
아프지도 않다.

빈집

기찻길 옆 농로를 따라 허공을 벗삼아 맑은
공기를 먹고 살아가는 빈집이 있다
기차소리는 빈집을 곁에 두고 두 갈래 길로
평행선을 그으며 늘 치근대고 있다
왜, 무어라, 그럴까
점박이 눈으로 살아가는 돌담 속에
할배의 아킬레스건의 때가 묻어 있어 그럴까
세월을 삼켜버린 살구나무가 품고 살아가는 봄 소리를
몰고 와 어린 새싹들을 키워내서 그럴까
디딤돌 위에 칭얼대는 신발들의 환청이 매달려
피눈물로 가슴앓이 하던 어매의 숨소리가 쌓여서 그럴까
나무 그늘을 짊어지고 가는 마당 모퉁이가 다크서클을
한 채,
쉰 목소리를 뱉어내는 기차 숨소리를 마시며 살아가서
그럴까
마당에는 개망초꽃들이 자궁을 드러난 채 바람 소리를
애무하며
코골이 하는 아배의 천식을 끌어안고 있어서 그럴까
쥐오줌풀, 개똥쑥, 강아지풀, 방가지똥, 히숍풀, 깽깽
이풀……
풀들은 몽유병 환자처럼 훌쩍이는 강물 소리에 몸을
맡기네

빈집의 구들장이 되어 남을 위해 뜨거워지지 못하고
혼수상태인 채로 있는 나는 무어라 할까

어매 국시

해풍이 파도를 부수며 어매의 껍질을 벗기고 있다

수십 년의 국시말이가 갈래갈래 풀어헤쳐 철조망을
이고 있는 어매의 머릿결에 뒤척이고 있다

어매처럼 스러지는 호미곶은 굵은 눈발이 울음을 터뜨리듯
평생 투덜대며 국시를 말아 입에 넣고 있다

국시를 쪼아온 갈매기떼는 한 움큼씩 북녘땅을 두드리는
어매의 주름에 국시말이를 밀어 넣는다

어매의 눈썹과 눈썹이 기댄 채 고향의 그늘이 미간에
시나브로 드리워진다

어매 국시는 손가락 마디마디 잔물결 치며 어느새 방파제
되어 비바람도 감싸 안는다

국시는 쫀득쫀득, 아흐! 입맛을 돋우고 어매의 색감으로
사무치고 있다

(해풍은 먼, 먼, 수평선 끝이 된다)

어매의 울퉁불퉁한 손등 냄새도 수평선 끝이 되어,
외롭고, 높게,
날아온 그리움,
치렁치렁 국시 다발을 내다 걸고 있다

국시 다발이 해풍이 몰고 온 햇빛에 걸터앉아 있다

난꽃

새벽
바람,
머리를
흔들어
보챈다
흐드러졌던
풍만함이
시들어 버린
옷고름 풀어
헤치듯,
고개를
구부린 채
붉은 속살이
헐떡헐떡,
어둠 속에
비치는
두 눈동자
하혈하고,
아파?
목이 타?
미안……
(무관심하여)

기다림 끈
틀어쥐어
허공에만 기대고
(그랬구나)
터져버린
눈물샘
대답 없이,
기다려봐
아침이 올거야
아프지마

막걸리를 마시면서

막걸리잔은
한 잔 한 잔
고향의 향기를 내뿜으며
자신을 채워간다

빈 병은
뒹굴뒹굴
이리저리
나뒹굴며
발길에 차여도 아픔을 모른다
生이 그저 그런가 하면서

차가운 바람이 불어
어느 순간
유리문 틈새로
말 술통을 들이키며
꺼~어-꺽,

한숨을
토해내며
땅속에서
지켜보던 아버지의 숨결이

나를 후려치고 있어

밖에 나가보니
발길에 차이며
짓이겨졌던
빈 막걸리 통이
비틀어지지도 않고
정신을 차리고 있었다
나무 기둥에 기대어 서서

새벽바람

발을 시리게 하며
이불 속으로 파고들어
가슴을 어루만지는
너는 누구인가
겨울을 녹이는 바람이
창문 틈새로 나를 찢어
헝겊 조각으로 꿰매었던
새벽바람이 되어
돌아왔는가
휴대폰에 제자의 부음,
마흔아홉 구비 넋이 되어
새벽바람에 실려 눈망울을
짓이기고 있다

바람 따라 얽어맸던
실타래를 하나하나
풀어 헤쳐 서쪽 하늘로
가는 달을 찍어
너를 두고 가는가
영정 앞에 엄마 없이
앉아 있는 두 아들을
집어삼키는

흰 국화꽃의 향기가
붉은 피멍이 들어
삶을 색칠하려 한다
멍든 가슴을 시로
노래할 수 없는
나,
울음을 시 울림으로
토해내지 못하는
나,
내가 죽어 있다,

까치떼가 아편꽃에 취한
듯이 나뭇가지 끝을
붙잡고 구시렁구시렁
짖어댄다,
슬픈 가난처럼 짊어진
봇짐을 발자국 따라
내려놓으라고

조개꽃

구름발* 아래 산 중턱을
돌아서서 구릉을 둘러매고
등이 굽어 패인 나뭇가지
속에서 시름시름 홋배앓이**
하는 조개꽃,

쑥부쟁이 화들짝 놀라
한시름 잦아들어 가는
갈바람은 물 한 모금을
가랑비에 적시고 춘풍
명월 부럽지 않으리
조개 속에 피는 꽃,

자지러지는 마음을
새털구름 위에 둥둥
띄워 늘 개밥바라기***
를 눈썹 위에 걸쳐놓고,
장작불 옆에서 눈시울
적시는 어머니의 옷고름
되어 여인네의 내음을
피워내고 있네

달구리****에
가난의 치맛자락
도려내는 어머니 한恨
숨소리 묻어내는
외로움을 씻어
지열을 뚫고 펼쳐
진다,
내 젖가슴에

  * 구름발: 깊고 넓게 퍼져있는 구름 덩이

  ** 홋배앓이: 해산 뒤에 생기는 배앓이

  *** 개밥바라기: 저녁때 서쪽 하늘에 일찍 뜨는 별(금성)

  **** 달구리: 새벽닭이 울 무렵

개양귀비꽃

담장에 기어오르는
햇살을 둘러메고
선홍빛을 발하는
당신의 꽃 입술을
뱀의 혀가 돌돌 말아
삼키고 있다

해바라기 삶을 지탱하며
얽혀 있는 뿌리는
몸 더듬어 자지러지는
그대 가슴을 드러내어
끈적끈적한 울음을
쓸어안는가

케레스의 저주가 뻗쳐
붉은 피를 땅속에
묻어 내려 하는가

그대의 가는 허리를 감고
그대를 향한 사랑 눈 꽃을
뱀의 혀가 쏟아내고 있다

그대의 피 흘림을
바라보며
우두커니
서,
있,
다.
나는 돌기둥이 되어
어찌하지 못하고

겨울 연가戀歌

어뚝새벽*은 무서리를
대지에 몰아 하늘을 뚫고,
사시나무 떨 듯 몸을
틀고 있는 대지의
마지막 끈을 놓지 않는다

살가운 몸뚱어리를
지탱하는 대지는
모질게도 목숨을
놓지 않는 장미
주둥이를 끌어당기고,

감기에 쿨럭쿨럭
몸살을 앓고 있는
장미 두 송이는
늦은 서러움을 뱉어내어
강물을 빨아들이려 하고,

가을을 삼켜버리고
게으름을 피우며
세상 시름 다 짊어지고
가는 강물은 강기슭을

핥고 있는 낙엽들을
하나,
둘,
목구멍 속으로 밀어 넣는다

무슨 설움을 그렇게
씹어 삼키려고
부단히도 몸을 떨고 있나
세상 이치가 다 그런 것을,

저물어 가는 노을빛은
어둠을 걸어두고
별빛을 그리워하며,
모진 세파를 붙들어
두런거리는 강가의
미루나무 가지에
매,
달,
아,
놓는다

* 어뚝새벽 : 아주 이른 새벽

봄의 소리

구름을 머금고 봄꿈을
몰아오는 산수유나무
벌거벗은 채로,

붉은 핏줄을 드러내어
사마死魔를 할퀴고 가는
겨울을 핥아 삼킨다

가난에 찌든 햇살도 가지
끝에 매달아 하늘을
땅에 내려놓는다

바람은 봄꽃 눈을
입에 물고 알몸뚱이를
감아 돌리고 있다

애끓는 내 마음을
치렁치렁 허공에 띄워
붉은 상흔傷痕 한 아름 담아
그대에게 백지 편지 보낸다

첫사랑의 흔적을

가지 끝에 매달고 있는
낮달을 그대의
치맛자락에 펼쳐 놓으며,

산모퉁이에 웅크리고
꿈틀거리는 그리움에
한숨을 몰아쉬는
누리끼리한 수액들,

여물어가는 벌떼들의
시끄러움에 그대의
슬픈 옷고름이 나풀거린다

마라도 가는 길

햇살은 수평선 끝 터덜터덜 자리 잡아
구름 한 저름씩 씹어 삼켜 엮어 내고
새떼들 무리 지어서 취醉한 아침 쪼아대며

선착장 밀려오는 파도를 핥아 빨고
해변의 젖꼭지를 바다 구멍 속에 밀어 넣어
잔물결 혀를 내미네, 나를 빨아들이려

너울너울 파도는 씻김굿 덜어내려
포말 속에 시간을 낚아채어 정재淨財하고
과부의 한恨풀이 씻어 울음 터뜨리니

어우아! 징~가 징가, 어우아! 둥~둥 둥둥,
송두리째 젊음의 가슴뼈를 짙푸름 속에 버무려 넣고
삭은 생生 해녀 할망구, 등이 꺾인 나무 되니

바다의 눈물 향기 갈매기 쪽 부리에
치렁치렁 매달아 허공으로 날리며
아스라이 침전沈澱되네, 유람선 모퉁이 끝에

제 **2** 부

가지 끝의 사랑

사랑한다는 말 한마디는 당신 나,
온전히 땅속에 얽힌 뿌리가
되어 남아 있는 것,
외롭지 않으리

— 「뱅갈고무 나무가 나를
집어삼키고 있다」 부분

가을 소묘

햇살을 삼키고 있는 향나무
가지가 시끄럽다

여기저기 여름을 삼켜보려고
가을의 펜 끝을 그리는 멧새 두
마리가 내 귀를 붙잡고 있다
그대를 달래주지 못한 마음을
몰골로 침침해지고 있는 나무
가지 위에 걸어 두고 칭얼대
고 있는 것일까
그대 가슴에 대못질하던 나를
가지 끝에 내 귀를 매달아
두고 쪼아대며 당신의 눈물을 말아
넣으려 하고 있는 것일까
당신의 심장에 냉가슴을 앓게 해
놓고 떠나 버린 구름의 치맛자락
속에 내 가슴을 감아 두고 당신을
치유하려는 것일까
낙동강 모래밭에서 한 점, 한 점,
조개껍질을 묶은 목걸이를 내동댕이
치고 끝내는 사랑을 묻어버린 새들의
부리를 들이대고 있는가

무릉武陵*에서

달구비**에 한숨만 들이쉬며
뜬눈으로 밤을 지새운
배 한 척,
몸을 뒤척이고
바람이 발을 구르며
배의 귓불 몽우리를 더듬는다

무상무념인 밧줄에
모가지가 걸린 채로,
몸을 깎아
세월을 낚고 있는
절벽만 바라보며
하염없다,

강가에 졸고 있는 햇살이
커다란 선물을 준다
코로나19 바이러스로
빈.
손.
인 무리,
걸어 올린다
척추가 널브러져 뼈가

굳은 부유물을.

여기가
발가벗고 헤엄치던
무릉도원이었던가

여기,
지금,
나도 부서지는 익사체가 되어
둥둥 떠 있다

굽 아래 흐르는 여울목에
나의 뱃속 가득 담긴
부유물을 씻어내고
나의 몸을 수평선 끝이
보이는 그곳에 보내려 한다

무릉도원에서 술 한 잔 빨아올려
하늘을 낚는 외기러기 한 마리,
은결 돋우는 모래 빛으로 배의
모가지를 쪼아 시린 가슴
끌어안는다

* 무릉武陵 : 무릉도원武陵桃源에서 지명이 유래된 안동시 남후면 무릉
　　유원지

** 달구비 : 밤에, 퍼붓듯이 힘차게 죽죽 쏟아지는 비

아이들 꿈터

놀이터는 아이들 꿈터이다
1.
미끄럼틀은 아이들 겹겹이 쌓인
가슴을 벗겨 미끄러져 먹구름
되어 먼 하늘을 이고 있다
2.
그네는 아이들을 업고 마음껏 날아가
가슴에 울컥울컥, 하는 세상의 짐을
다 싣고 산등성이 따라 하늘로 솟구친다
3.
시소는 쿵덕쿵덕, 연탄의 눈물도 없는
세상을 꿈꾸며 최저생계비 삶을
쿡쿡 말아 구름 속으로 던지고 있다
4.
모래밭은 미세 먼지 검게 그을려
아이들 손을 빨아들여 검붉은 피가 되어
사랑을 잃어가고 있다
5.
놀이터는 짓눌려 곪아 터져도
아이들 눈물이 되어 지탱하고 있다

놀이터는 아이들 꿈이다

꿩의 바램

오늘도 밭이랑에
한 알, 한 알
메마른 흙을 벽 삼아
콩의 삶을 심고 있다

꼬 웡, 꼬 웡,

산 중턱에 붉은 십팔 개의
벼슬을 기둥 삼아
목마른 목구멍에
울음을 던지고 있다

통실통실 살찌우도록
두껍지 않은 콩 무덤을 쌓아
햇살을 가르며 머리에 이고
다소곳이 앉아 기다리는데

꼬 웡, 꼬 웡, 꼬~응, 푸드득

애욕愛慾의 몸부림인가,
인간을 향한 한恨 풀이인가,

신음 소리가 콩 구멍에 심어지고
모가지가 가시에 찔려도
덤불 가시를 감싸 안으며
피를 온몸에 물들이고 있다

가난에 찌 들린 밭고랑에
무엇을 기대하는가
오색찬란한 너의 자태가 서러워라

햇살은 머리 위 젖줄을
그으며 소낙비를 뱉어내어
설움을 땅속에 묻으려
한 움큼, 한 움큼, 빨아들이고 있다

용서

그대에게 용서를
보내는 아침,
나의 눈꺼풀 위에
그대의 몸을 얹어두고
그대의 몸 위에 나의
귀를 밀어 넣습니다
새벽 달빛을 두 다
리에 묶어두고,
말하지 못했던 참말
들을 묻어 둔 채
그대의 가슴에 멍울이
들게 했습니다
내 안의 침묵이 그대를
아프게 했고
내 안의 고름이 그대의
가슴에 피멍으로 물
들게 했으니
그대에게 한 번의 상처를
안아주지 못했습니다
하늘로 솟아오른 조약돌
위에 그대의 아픔을 올려놓고
그대의 울음을 내 입술로

닦아주지도 못했습니다
산 중턱을 껴안는 구름은
울먹이며 멍하니 서 있고
그대의 구토를 핥아주지 못했으니
구름을 품고 그리움을 삭이는 강은
울음을 토해내고 있습니다
굽이쳐 흐르는 은빛 물결을
꺾어 둔 채로

가지 끝의 사랑

비가 억수로 내려 누워 있던 풀잎들이 고개를 흔들며
눈썹 끝에 모과나무를 얹어 두고 있다

모과나무는 끄덕도 하지 않고 벌거벗은 채로 하늘을 이고
땅에 내려오려는 꽃들을 끝까지 끌어당기고 있다

그 세월 그렇게 살아왔다

못생겨도 모진 세월 누런 천을 허리에 두른 채
등골이 파인 몸뚱어리를 가지 끝에 삶을 매달아 두고

화려하지도 않지만 화려함을 뽐내며 흐트러진 자태를
붙잡아
가지 끝에 걸어 두는 것이 자신의 모습이라 여기며

한평생 그렇게 살아왔다

훗날
뚝,
뚝,
내려앉는 것은 그대를 향한 심장 소리라는 것을

훨, 훨,
그 향기
낮
은
곳
으
로
풍기는 것은 그대를 향한 그리움이라는 것을
그 열매,
떨어져도, 떨어져도 또다시 그대를
가지 끝에 붙잡아 두고 기다린다고
그것이 사랑이라 여기며

꽁보리밥

지글지글 몸을
태우는 모닥불 옆,
멍석을 깔고 누워
별을 헤어보니
내 별은 없네

그 순간,
모닥불이 별빛을
연기 속으로
끌어당겨
나를 삼키고 있네

처마 밑 기둥 끝에
앉아 흐느끼고 있는
엄니별이
밥그릇 속에 내려앉아
허기를 달래고 있네

멸치 대가리에
고추장 찍어, 꽁보리밥
한 숟갈 뜨는 저녁

뽀송뽀송한 엄니별의
젖무덤은
바싹 말라버렸네

풀잎 이슬이 엄니 가슴을
흐르는 물방울에 묻어
북쪽 하늘만 쳐다보며

눈물을 허공에
던져두고
사선을 긋고 있네

뻐꾸기 사랑

뻐꾸기가 산 중턱에서 또 한여름
그렇게 붉은 피를 흘리며
자신을 삼켜 버리고 있다

이 산에서 뻐꾹, 뻐꾹, 뻐 뻐꾹,
수놈의 처절함인가

저 산에서 삐-삐, 삐-삐, 삐---,
암놈의 애처로움인가

지열보다 더 뜨겁게
열을 가하고 있다
여름의 찜통을 더, 더, 데우고 있다

뻐꾸기가 아는가 보다

한여름 붉게 타오르는 열기보다
더 뜨겁게 우는 것이
사랑이라는 것을

울음을 토해내어 가슴에
묻어 두지 않으면

사랑이 보이지 않는다는 것을

울지 않으면 사랑을
느낄 수 없기 때문에
그렇게 울어 대는 것이다

뱅갈고무 나무가 나를 집어 삼키고 있다

새벽녘,
문틈 새로 바람 소리가 나를 흔들어 깨운다
문 열어보니 뱅갈고무 나무가 오랜 세월 짓
눌렸던 상처가 터져 환한 웃음을 띠
고 앉아 있었다
그래도 십수 년 손을 내밀어도 닿을까, 말까, 애
태웠는데 소리쳐 불러도 대답을 들을 수 없는 머
나 먼 거리 낙동강 물줄기 타고 살며시 찾아왔다
어떤 生의 가시가 상처를 내어도 죽어도 손을 놓
지 않으려 했는데
이제는 푸른 속살을 드러난 채 이야기하고 있다
사랑한다는 말 한마디는 당신, 나, 온전히 땅
속에 얽힌 뿌리가 되어 남아 있는 것,
외롭지 않으리
이제는 애처롭게 손을 뻗지 않아도
어느 가을날 병들어 낙엽 되어 썩어가는
흙무덤 되어도 얼마나 다행이랴
그대 푸르름을 간직한 고무나무 되어
나를 지켜보고 있으니

철쭉꽃

이른 아침,
산길 옆 눈밭 속에서도 저 홀로
또 그 세상을 보겠다고 붉은 입술을 드러내고 있다
눈망울을 똘망똘망 내밀어
눈을 이불 삼아 온기를 뿜어내고 있다
어제 촛불로 가득 찬 세상을 안주
삼아 들이킨 술기운을 한 점, 한 점,
끄집어내어 허공으로 토해내고 있다
어매의 젖무덤처럼 뽀송뽀송 붉은 핏줄로
물들어 세상에 던져지고 있다
그 옛날,
동구 밖 엷은 살갗을 드러낸 살구나무 밑 첫
사랑이 줄줄 흘러내리고 있다
못내 서러움을 빚어내는 절구통에 쿡쿡 가슴을
도려내어 삼월의 눈 속에 나를 밀어 넣고 있다

탄생
― 손자 우석禹昔의 태어남을 기념하며

4월 눈발이 날리는데,
느닷없이 봄기운을 걸치고
세상을 얼른 두드리고 싶다고
온몸을 비틀고 있었구나
뭐 그리 급한 고?
빗속을 뚫고 내리치는 천둥소리보다 더
우렁차게 세상을 깨우고 있구나
탯줄이 완성되지 않았는데
한낮에 붉은 달을 머리에 이고 있구나
새벽에 울지도 않던 참새떼들이
오늘따라 어미의 둥지를 움켜 틀어쥐려고
그렇게도 울음을 토했나 보다
옷깃을 풀어 헤치는 꽃샘바람이 벚
나무 꽃망울들을 후려쳐도 서로 잡아당겨 자신을
내려놓지 못했나 보다
어매의 젖가슴처럼 볼록하게 눈망울을
내민 목련 꽃이 햇살을 가지 위에
올려놓고 너를 비추고 있구나
어미의 산고産苦를 참새 부리에 한 개, 한 개,
물려주고 시름시름 앓고 있는 이 땅에 독야
청청하는 소나무가 되거라
그리하여 폭설이 내리는 광야의 숲

속에서도 오케스트라를 지휘하거라
그러면 숲을 덮는 눈꽃들이 사랑이 되어 허공에
울려 퍼져 작고 하찮은 것들을 내려놓으리라
창문 너머 보이지 않는 세상이 다시 태어나리라

무릉역*

빗소리가 머리를 내리치며 들어선다
측백나무가 우로 차려 자세를 하고 사열하고 있다
왼쪽 길모퉁이에는 오합지졸 군중처럼 한가로움을
집어삼켜 버리려고 우뚝 솟은 시멘트 탑 '신행 양행'
네 글자가 녹슨 철로 역사歷史를 목 놓아 울게 한다
세 줄기 철로는 옛사랑의 여운을 끝없는 가로등에 접
어두고 길고 긴 여정의 피로를 감싸 안고 있다
오일장을 가슴에 품고 내리던 할매의 허리는 굽이굽이
세월의 흐름을 낚아채고 있다
한 손에 간고등어로 가족을 엮어 끌어주던 할배의
등골은 술 한 잔으로 삶의 실타래를 풀어주고 있다
첫사랑 키스의 맹세를 잡아당겨 마늘밭이 삼켜
버렸던 어매의 머리는 봄내음을 이고 내리고 있다
이제는
하나,
둘,
작고 하찮은 것들만 남겨놓고 한恨 많은 사연들을
묻어 두려 하고 있다
고장난 시계처럼 가다 서다 뚝, 뚝, 기적소리
춘곤증에 눈을 깜빡깜빡 졸고 있는 네온사인
봄을 실어 무릉역에 수繡를 놓고 있다
무릉역사驛舍와 함께 시작되었던 벚꽃들만 남겨놓은 채,

66

태고太古 이래 세차게 불어오는 바람을 안아주고 어매의
주름살에 골짜기를 매어놓았던 산만이 철로 끝이 인생
의 종착역이라 말하려 하고 있다
철로 끝,
동해 수평선만이 알고 있다

* 무릉역 : 안동시 남후면에 위치한 옛 기차역

강둑에 어깨를 기대어 두고

강둑에서 불어오는 바람이
내 몸을 휘감아 돌리고 있네
버드나무는 햇볕을 잡아당겨
가지 위에 얹혀놓고 여린 새
순들은 삐죽삐죽 고개를 내밀고 있네
청둥오리떼들이 얼음장 위를 아랫목
삼아 기다렸다는데 바람 소리만이 퍼득퍼득
텅 빈 강물 줄기에 날개짓하고 있네
꽃샘추위가 자신의 몸뚱어리를 후려치는데도
두꺼운 얼음장이 가슴을 후벼대었고,
꽁꽁 얼어붙었던 얼음이 나를 따뜻한
온기로 끌어안았지만 내 온기는
얼음장으로 더욱 두꺼워졌었네
너무 늦게 와서 미안한데
봄을 몰아온 강물들은 붉게 흐느끼며
울음을 터뜨리고 있구나
강둑은 내 어깨를 부축하고 내 심장을
파고들어 귀를 두고 가라 하고,
밤에 피었던 별들이 햇빛을 녹여 은빛 비늘
되어서 하늘에 녹아내리고,
갈대는 첫사랑이 되어 강물 따라 바람을
하나,

하나,
엮으며
한 마리 나비 되어 내 몸 구석구석
싣고 은빛 비늘과 함께 솟구치고 있구나
강둑에 어깨를 기대어 두고
나 혼자만 남아 있다

봄이 오는 소리

교실 밖,
화단에 산수유나무
거칠고 험한 이곳에 여린 새싹을
꼼틀꼼틀 자아내고 있다
또 한 번 세상을 견디어 보려고,
얼마나 아팠을까?
물 한 모금 마시지도 못하고
그래도 꾸역꾸역 비집고 나온다
병아리 목을 하고 애잔하게
탯줄을 스스로 자르며
어미도 없이 잘도 일어서 버티려 하네
불꽃으로 물들여지는 세상에
피지도 못한 너는 용쓰고
참살이 삶을 다시 꿈꾸고 있는 것인가
뒤집기하여 구겨진 삶을 지피기 위해,
겁도 없다, 겁도 없다
하나,
하나,
하나, ……
하늘을 향해, 땅을 향해
내미는 것을 보면,
저 어린 새순도 짝짓기하여

이 봄을 살찌우러 나오는 것이라고나 할까
쳐다보아도, 쳐다보아도
온몸의 털들이 일어서고 있네
나도,
높고, 하찮지만 따뜻한 삶을
살찌우는 산수유나무 되고 싶다
메마른 땅에서
봄이 오는 소리 들린다
내 몸 깊은 곳 사타구니를
간질이며

봉선화

학교 사택 담장 밖 둘레에 심어놓은
봉선화가 터질 듯 젖 몽우리가
되어 붉은 향을 피워내고 있다
요염한 몸짓으로 유혹하는 풍만한
육체 향기를 뿜어내지도 못하고
그 옛날 가난한 가시네의 순
정을 품어 울 밑에서 울음을 토
하고 있는가? 새끼손가락에 건 서
러움을 뱉어내려 하는가?

'톡 하면 터질 것 같은'

너의 몸에 손대지 못하게 하고,
너의 부정한 행실을 결백의 넋으로
다시 태어나려고
씨주머니 싹을 탐하는 욕정으로 가득 찬
손톱들을 지켜내고 있는 것일 거야
사나워져 가는 독충들이 너의 국
부를 찔러 나오는 피비린내를
스스로 흰꽃 되어 너를 삼켜버렸는가
비틀거리며 지글지글 끓이는 햇빛 속에서도
아이들 웃음을 버리지 않으려고 빛을 발하여,

독충들의 몸에 붉게 물든 피를 흰꽃 속에
줄줄 말아 강물이 되어 흐르게 하고 있네
나도 그대의 열 개의 손톱에 너를 꽁꽁 묶어
물들이러 가리라

해변을 삼키고 있다

멀리 수평선을 가르는 빛이
거세게 밀려오는 바다를 물결 위에 실어
해변을 삼키고

방파제는 뭍을 푸른 잿빛으로 물들여
한 골,
한 골,
골짜기를 채우고

갈매기떼들은
해변을 부스며 밀려오는 파도 소리를
한 모금, 한 모금, 쪼아 허공에 날리고

쪼아진 파도가 갈매기 발바닥을 간질이며
놀자 하는데 꿈쩍도 하지 않고, 일렬횡대로
서서 쏟아지는 햇살을 마시고 있네

끼룩끼룩 파도를 삼켜 무슨 설움을 그렇게
하늘로 쏘아 올리고 있는가 고기떼가 달려
들어도 멀뚱멀뚱 하늘만 토해내고 있구나

갈매기떼들은 몸을 부대끼며 움츠려

조각배 모서리에 몸뚱어리를 내던지고
부리를 틀어 모래톱에 자신을 심는다
나,
혼자만 남겨,
놓고

흔적

점심시간이 다 되어 어디선가
잠자리 한 마리가
뜨거운 한여름을 식히려고 들어 왔다
푸드득, 푸드득,
창문도, 사무실 문도 열어 놓았는데
이리 부딪히고 저리 부딪힌다
아하, 방충망은 닫혀있네
누구든 동무할 사람 들어오라 해놓고
먹을 것, 마실 것도 없네
벌써 잊어버릴 만큼 나이가 들어찼나?
무엇을 바라보고, 하늘만이고,
싸늘하게 불었던 바람을 산 넘어가는
양떼들의 몸에 기댄 채
똘망똘망하던 눈들을 철창 속에 가두고
자유로운 날개를 꺾은 채
아이들의 가슴을 삭제하고
둥글둥글 색깔 분필이 좋다고 아이들을
시대에 팔아 먹어온 30년이 넘은 시간들,

그 순간,
어디 갔나
제 갈 길 찾아갔나

두리번두리번 꽉, 막혀
바람만 들어오는, 방충망
열려있는, 공간 틀 속에 가두어 소리치던 나는
무엇이었던가
이런, 뜨거운 LED 불빛 밑에 머리에
불덩이를 이고 매달려
숨 막히는 공간 속에서 아이들처럼
헐떡헐떡, 거리고 있구나

점심시간,
밥 속에 이리저리 몸부림치며
제 살점이 떨어져 나가는 잠자리의 아픔을 밥에 말아
배부르게 먹고 있는 나도 어쩔 수 없는 거시기인가
후다닥,
드르륵, 드륵, 드드드……
구멍 뚫는 소리인가
무겁게 짓누르는 블라인더와 방충망 사이에서
색깔 분필 속에 갇혀 있던 아이들처럼
탈출구를 찾아 온몸으로 불사르고 있었구나
결국 이놈은
들어오는 입구만 알았지 출구는 찾지 못했네

나도 시를 쓴다고 입구만 찾았지, 나도 너와 매한가지네
피血가 터져 흐르는가? 머리가 깨졌을 텐데……
다행, 닦아 줄 피血는 없고,
한 시간 동안 지치고 힘이 빠져, 아이들을 말아 먹던,
내 손가락에 지친 자기 몸을 맡기네
창문 밖으로 날리니 고개를 숙이고, 꾸벅꾸벅,
바람 이는 공간 속으로 가로질러
높지만 낮게 제 갈 길 찾아
훨,
훨,
너는 날아갔는데 나는 네 모습을 아스라이
눈앞에 두고 여기, 아직, 방충망 속에 갇혀있다
내 손가락에 흔적만 남긴 채

연꽃잎

3월에 눈이 내린다
순식간에,
연꽃에 고드름이 매달린다 그래도
고개를 수그리지 않고 꿋꿋하게
목걸이 장식을 하며 뽐낸다
무겁지만 무겁지 않은 것처럼 모든 것을 내려놓고
줄기와 줄기 서로 잡아당겨 버티고 있다
뿌리들은 스멀스멀 꿈틀거리며 꽃망울 터트릴
준비하고 있다
그렇게 눈이 와도 살아왔노라고 낮은 목소리로
첫사랑을 접어둔 채 봄꽃눈이 피었다, 지고,
피었다, 지고
뾰족뾰족한 첨탑산업 훈장도 두렵지 않은
눈이 내린 만큼 사랑하며 살아왔다
참된 사랑을 흐느끼며 끝내는 그게
차지할 수 없는 사랑이라 여기며
차가운 목걸이에 장식이 없어도
그냥 그렇게 산다는
연꽃잎,
눈꽃만 바라보고 있다 허공에 기대어
고드름이 눈물 되어 뿌리를 적시고 있다

제3부

가을바람 거두는 강둑

저 멀리 머뭇거리며
상념을 삼켜버리는
수평선은

몸을 뒤척이는
새들의 울음을
시詩 한 수로 낙동강
물 위에 띄워 놓습니다

— 「이취泥醉한 별들」 부분

기다림

연꽃잎들은 하늘만 쳐다보고
그대의 그림자를 기다리며
물 한 모금 물어 뱉어봅니다
연꽃 속의 젖줄을 빨던
왜가리 한 마리,
낮달 속에 비친 불타오르는
수련의 입술에 얼굴을 묻고
피어오르는 풍만한 수련의 꽃물을
그대의 살갗에 깃들이고 싶어
허공을 쪼아대고 있습니다
수련의 낭창한 가는 줄기의
떨림을 바라보면서

홀로 서서 울리는 종소리
- 정은주鄭銀珠 수석선생님 정년퇴임에 부쳐

쉽사리 드러내지 못하는 그대의 모습을 외로워 마세요
외로움을 견디는 일도 그대의 잉걸불이었습니다
42여 년 세월의 번뇌를 아프다고 슬퍼하지 마세요
그것 또한 그대의 즐풍목우櫛風沐雨*의 길이었습니다
폭풍우가 닥쳐도 건너야 할 다리는 건너야 했습니다
계곡물이 휩쓸려 넘쳐 붉은 강물을 바라본 긴 시간,
그것도 견디어 내어야 할 그대의 풍찬노숙風餐露宿**의
가시었습니다
예수님도 외로운 사람을 볼 때면 성심聖心으로 눈물을
훔치고
부처님도 서러워 우는 사람을 볼 때면 불성佛性으로
가슴을 울먹입니다
새 한 마리가 한겨울 시든 장미꽃을 맴도는 것도
생의 고통을 삼키려 하기 때문입니다
외딴곳 초가삼간 지붕이 북풍한설에 쪼개지지 않고
서 있는 것도 홀로 서서 외로움을 견디어 내기 위함
입니다
질척한 언덕에 기대어 함초롬 젖어 있는 들국화 한
송이도
긴 세월 그대의 슬픈 옷고름에 묻어오는 노을을
바라보아야만 했습니다

오늘,
길둥근 한 송이 꽃으로 서서 열무김치
같은 아이들의*** 심장을 실루엣으로 버무리고 있습니다

여기,
그대의 홀로서기 처마 끝이 갈증으로 그윽한 풍경風磬소리
슬픔을 달래려 훌쩍거리고 있습니다

저 멀리,
산속 홀로 서 있는 암자의 종소리도 외로워서
목이 타는 낙엽들로 서성거리는 운동장을 울리고 있습
니다

* 즐풍목우櫛風沐雨: 긴 세월을 이리저리 떠돌며 갖은 고생苦生을 다함
** 풍찬노숙風餐露宿: 떠돌아 다니며 고생스러운 생활을 함
*** 열무김치 같은 아이들: 안도현 시 <보충수업>에서 차운

목마름에 나약한 풀잎들을 바라보며
– 보약 같은 친구 김여선 교장 정년퇴임에 부쳐

목마름에 나약한 풀잎들을 바라보며
소쩍새는 그리도 울음을 뱉어내고 있네
한여름의 갈증을 풀어내지 못한
40여 년의 삶을 향해
그 여름,
그 뜨겁던 그때를 지우듯이

지나온 발자국이 아무리 슬퍼도
돌아보지 말고 가시게
슬픈 모가지를 한 사슴은 더욱 슬프다네
비가 오면 그냥 비를 가슴 언저리에 두고
눈이 오면 눈송이를 홀로 씹어 삼키시게
강물도 촉촉한 땅에서도 슬픈 눈물을 흘리고
척박한 땅에서 홀로 지탱하고 있지만
폭풍우에도 다시 일어서는 들국화
한 송이도 외로워서 눈물을 흘리네
계곡 소리 벗 삼아 외로움을 가슴에
품고 사는 적산가옥처럼
가지 않은 길을 타박타박
천상天上 어매의 옷고름에 발길을 묻어 두고,
뒤돌아보지 말고 가시게
돌아봄도 가슴을 도려내는 일이니

눈비 오는 날,
가끔은 툇마루에 앉아
막걸리 한 잔 기울여 보세
바람도 머물러 함께
슬픈 잔을 채우고
삶의 무게를 덜어내고 가겠지
'인생 다 거기가 거기 아닌가'*
오늘,
여기,
마음껏 푸르른 대지大地를 태우는 아이들의 심장이
한 송이 꽃으로 피어 홀로서기 하는 친구를 환하게 비
추고 있네
학교 처마 끝의 풍경소리도
친구의 무거운 잔을 내려놓으려 눈물을 훔치고 있네
운동장을 가로지르는 종소리조차도
바람 따라 흘러온 친구의 짙은 삶의 무게를 산 아래에
내려놓고 있네

* '인생 다 거기가 거기 아닌가' : 남낙현 '인생 다 거기가 거기'
  시에서 차운.

달 구르메를 벗 삼아
– 오원우 교장 형님 정년퇴임에 부쳐

굳어진 땅이 되도록
그 세월 하염없이 옷을 추스르며
절뚝거렸던 삶의 여정旅程을
해日 정기에 던져두고

모진 비바람이 골짜기 부수려 내리쳐도
작은 돌에 휘영청
마음을 흘려보내었던
달月 구르메를 벗 삼고

수천 년 푸르름을 시름 하며
입술 치장도 없이
초근목피에 생명수 말아주었던
뫼山에 40년 한恨을 묶어두고

늘 울음을 쏟아내어 붉은 피를
토해내던 산새들과 청아한 계곡
물소리에 백발이 되도록
구부러진 지팡이를 내려놓으소서.

※ 해달뫼(日月山) : 경상북도 영양군에 있는 일월산을 지칭한다.

산의 정상에서 바라보는 풍경風景
- 권오추 교장 형님 정년퇴임에 부쳐

산의 정상에서 바라보는 풍경風景이 비틀거리며
다 못다한 진한 삶을 눈물로 씻어주고 있습니다
올라온 발자국을 지울 수 없어
여름을 지새우는 나뭇잎들이 덮어주고
지나온 발자국은 지워져 있어도
다시 내려갈 길을 마련해주고 있습니다
산을 오르며 밟혔던 풀들도
다시 일어서 참았던 울음을 터뜨립니다
올라가면 반드시 내려올 때를 알아야 하듯이
아니 오는 것이 삶의 흔적이 아니겠는지요
모진 비바람에 온몸을 깎여야 했던 돌들도
더욱 단단해져 고된 삶을 굳건히 하고 있습니다
거친 풍파에 쓰러져도 뿌리의 힘으로 버티고
울음을 참아내는 나무는 하늘을 향해 뻗어나가고 있습니다
흙발로 짓밟혔던 야생화도 가늘어진 허리를 다시 일으켜
아픔을 돌돌 말아 내려가기 위해 피어 있습니다
계곡에서 두런거리며 불어오는 바람은 아픔들을
깎고 또 깎아 강물 속으로 뛰어들고 있습니다
갈피를 잡지 못하고 울먹이며 흐르는 강물 따라
고뇌苦惱 속에 찌들었던 무거운 짐을 내려놓으소서
고즈넉하게 고귀한 하늘을 이고 짙어져만 가는
자작나무의 생애를 벗 삼으면서

마장馬場의 풍경風磬소리
− 프린스 클럽* 애찬가愛讚歌

산꼭대기에 거칠게 휘몰아치는 눈발에도
쓰러지지 않는 고목古木처럼
차디찬 질풍 노드 급물살에도
다시 일어서는 풀잎처럼
시간을 발가벗기는 천둥 번개 진동에도
꺼지지 않는 대지의 울림처럼
숲속에서 말의 신음을 달래는
뻐꾸기의 애달픈 슬픈 선율이
마장馬場의 풍경風磬소리 되어
가슴을 적시고 있네
울려라, 울려라,
말발굽 소리
쿵쿵, 쿵쿵
젊은 피가 마장의 허공에 용솟음치도록
불어라, 불어라,
새 세상의 힘찬 나팔 소리
부~ 웅 부~ 웅
촉촉한 땅에 축복의 기쁨이 넘치도록
달려라, 달려라,
목이 타는 광야의 초원에
말발굽 소리, 함성이 되어 가슴이 터지도록
만년설의 찬란한 꽃이 펼쳐져

이 나라의 청춘의 피가 타오르리라
이 겨레의 핏줄이 피어나리라

거목巨木이, 되어,

* 프린스 클럽 : 안동시 와룡면 왕상골에 위치한 승마장

머위 껍데기 벗기기

가난에 지쳐 찌들어버린 밭두렁에
눈곱을 떼지 못하는 동살이* 오르면
몽롱한 이슬방울이 또로록또로록
땅을 적시고 있다 죽음을 불러다
새벽의 잔설을 품은 풀잎에 출렁이는
햇살을 감고 왁자지껄하는 머위들,

질퍽한 언덕 언저리에 고향의 윗목인 양
궁둥이를 붙이고 모가지를 내민다
걸쌈스러운** 허리가 잘려
붉은 피를 흘리고 있다
끝빨다*** 솟아올라 가는 생生을 구부린 채,
몸뚱어리 움츠리는 비린 신음 소리
진흙탕 속에 버무려 놓는다
구질구질한 생의 가시도
어둑어둑한 서러움도

발가벗겨져 미끈미끈한 몸뚱어리는
냄비를 불태우며 살점이 익어 피가
거꾸로 돌아 숨통이 조여든다
그만큼 살았으니 체념의 살갗은
뼈를 하나하나 남기며 사위어간다

92

아으, 매운 고추장에 녹아나는 깨, 참기름,
스며들어 너부데데한**** 머위 뱃살을
더듬어 핥고 있는
혀,
이순耳順이 되어도 어매의 젖무덤에 파묻혀
삶의 껍데기를 벗겨내지 못하고 있다고
구시렁구시렁한다
생이 벗겨지고 있는 껍데기는 보고 있다
뚫어진 천장 속에서 별빛이 녹아나는 것을

    * 동살이 : (새벽에) 동이 트면서 비치는 햇살

    ** 걸쌈스럽운 : 기운차고 억척스러운

   *** 끝빨다 : 끝이 차차 가늘어져 뾰족하다

 **** 너부데데한 : (얼굴이) 둥글 번번하고 너부죽한

무릉* 갈대의 신음 소리

농염이 짙어가는 한여름의 숙취에
가슴이 시큰거리는 갈대의 울림이 퍼집니다.
폭우 속에 지쳐 누워버렸던 갈대숲은
쓰러졌다 하얀 맑은 햇살에
다시 일어섰습니다
먼바다가 그리워 폭우 속을 뚫고
하늘만 쳐다보았던
갈대가 제 속의 빗물을
토해내고 있습니다
갈대숲에서 평생 가난에 지쳐버린
나룻배 한 척은 당신 곁을 떠났다
다시 돌아온 갈대 바람에
지난 발자국을 되돌아봅니다
갈대숲의 신음 소리를 마시면서

* 무릉: '무릉도원武陵桃源'에서 지명이 유래된 안동시 남후면 무릉 유
    원지

이취泥醉한 별들

문필봉* 정상에 뺨을 때리는 바람이
때 묻은 나뭇가지의 잡내음을 벗겨내듯이
안경에 얼룩진 生의 가죽을 삶아냅니다
굽이굽이 뻗어 한여름의 시름을 풀어내고 있는
상수리나무, 굴참나무, 닥나무들이
서 있는 사이로 온종일 헐떡이며
혓바닥 내밀던 햇살은
서녘 하늘 까치놀** 바다를 이루고 있습니다
저 멀리 머뭇거리며 상념을 삼켜버리는
수평선은 몸을 뒤척이는 새들의 울음을
시詩 한 수로 낙동강 물 위에 띄워 놓습니다
정상주頂上酒 한 잔은 풀잎들의 지저귐을
고즈넉하게 만들고 산 넘어 피눈물로
오물을 뱉어내는 굴뚝에는 어둠에
지친 별들이 이취泥醉에 타들어 갑니다.
내 몸을 지워져 가는 그림자에 올려놓으며

 * 문필봉 : 안동시 남선면에 있는 갈라산의 정상
** 까치놀 : 울긋불긋한 노을

95

상사화

동부새* 부는 그 어느 날,
가파른 길을 돌고 돌아 바위 틈새
몸을 깎아 비틀고 있는 꽃입니다.
마음을 붙들지 못하고 조마조마한
삶을 바위에 기대어,
기다림에 지쳐서 떠날 수밖에
없었던 당신 손을 멀어져가는
구름에 묶어 보내야만 했습니다
시들어 떨어진 자리를
떠나지 못하고 울먹이던 나뭇잎들은
출혈로 가득 찬 당신 가슴을
보듬어 안고 괴로워했습니다.
휘몰아치는 싹쓸바람**에도 가냘픈
허리를 감싸 안으며 당신과 함께
걸어야 할 꽃이었기에 세월의 가시에
피 흘림을 쏟아내었습니다
너울지는 기다림을 참아내었던 시간들,
잡아도 잡아도 그리움의 끈은 멀어져만
갑니다 또다시 비틀거리며 낡아가는
몸을 강물에 띄워 보냅니다

* 동부새 : 농촌에서 '동풍東風'을 일컫는 말
** 싹쓸바람 : 태풍

배 한 척

무릉유원지 배 한 척,
바람이 발을 구르며
배의 귓볼을 더듬는다
무상무념인 채로 밧줄에
모가지를 걸어
몸을 깎아 세월을 낚고 있는
절벽만 바라보며 하염없다
떠나고 싶다는 듯이,
굽 아래 흐르던 여울목에
가슴에 상처 씻어내려
발등에 못이 박힌
나를 삼키려 한다
나의 몸을 실어 수평선
끝이 보이는 그곳에
보내려 한다
무릉도원에서 술 한 잔 빨아올려
하늘을 낚는 외기러기 한 마리,
은결 돋우는 모래 빛으로 배의
모가지를 쪼아 시린 가슴
끌어안는다

가을바람 거두는 강둑

기러기떼 무리 지어 푸른 빛 발산하며

저녁노을 아래 서리서리 색깔을 더듬는다
젖 몽우리 드러 낸 채로,

담쟁이넝쿨 감아 울음을 토해내며

아직도 깊고 아픈 사랑을 펜 끝으로 그린다
가슴에 묻어 둔 채로,

그 사랑 가을바람 거두는 강둑에 기대어 두고 있다
머리채에 흩날리며

겨울밤

짙어가는 어둠 속에서도
흰눈이 내립니다
그대의 속살을 드러낸 채,
이 밤 그대가 그리운 것은
그대는 늘 그대 담 모퉁이에
피어오르는 매화나무꽃 곁에 서서
그대와 나만의 별빛을 그려내고
있기 때문입니다
는개 몰고 오는 바람에 낮은 곳으로
자꾸만 쌓여가는 매화꽃을
하나하나 세고
있기 때문입니다

하얀 밤바다

끄물거리는 노을을 삼키고
돋친 날갯죽지를 펼치는
호치민 밤바다,
가슴에 다 못 새긴
그리움을 소주잔에 담그고
뿌연 공기를 품은 바닷물을
들이마신다
선상을 집어삼키듯 녹여 내는 밤하늘의
별들이 가슴앓이를 술잔에 띄워 비우고 있다
텅 빈 잔에 총총걸음으로 달려 온
고향 하늘이 빛바랜 채 채워지고 있다
이취泥醉한 별들이 하얀 밤을
지우고 있다 밤기운을 적시며

섬

아우라지*를 늘 품고 사는 바위가,

부딪쳐 부서지는 파도에 하얀 속살을

드러난 채 하혈을 하고 있다

붉게 물든 물결 끝, 흰 물거품들이 여울목에서

비틀거리는 섬을 더듬어 보고 있다

여기,
파도 소리가 자지러지는 감창소리처럼 뒤엉켜지듯이
뼈대만 남긴 촛불이 아직도 앙상하게 타들어 가는
섬,

저기,
토악질을 하며 입속에 있는 찌꺼기를 뱉어내어
맑은 땅을 질척거리게 하는 쓰레기들이 나뒹굴고 있는
섬,

(나는 어디로 가야 하는지)

풍경을 그리는 섬이 있었다
그 섬 의자에 앉아 살았었다

* 아우라지 : 두 갈래 이상의 물이 한데 모이는 물목

명정酩酊한 하회탈들의 웃음

온종일 훗배앓이 하던 해거름이 지친 날개를 접어
한낮의 뿌연 안개를 강가에 올려놓을 즈음,
들풀이 입김을 불어 강가 실내포장마차에
삶의 고름으로 얼룩진 시간의 끈을 풀어 헤친다
—이모, 오늘은 소주 말고 다른 거
—위는 청주淸酒고
  아래는 농주農酒고
—무슨 차이
—위는 맑아 윗분들이 마시는 것
  아래는 흐려서 아랫분들이 마시는 것
  섞어 마시면 막걸리, 잡부들이 마시는 것
  그대는 안 어울려, 청주淸酒가 좋아
너덜너덜한 서러움을 말아먹던 막걸리 잔에
해탈한 열한 가지 하회탈,
주지1 · 주지2 · 각시 · 중 · 양반 · 선비 · 초랭이 · 이매 · 부네 ·
백정 · 할미
등의 웃음이 뒤섞여 대칭으로 물결치고 있다
포장마차를 항상 끼고 사는 낙동강 물속에 널브러진
잡부들의 인생이 명정酩酊하여 나뒹굴며 왁자지껄,
나도 그 속에 가슴 풀어 누운 채로 이취泥醉한 별을
헤아린다

밭고랑 치는 날

새벽닭이 울 무렵,
짙은 날비*가 내려 무연스레 앉아 있는 밭고랑이
뒤범벅되어 이산 저산 꿩들이 목울음을 뱉어낸다
구름발 아래 모퉁이 돌아가는 바람도
고랑 사이의 사타구니를 더듬는다
모진 세월의 날을 세우던 삽으로
골을 다듬어 가난한 슬픔을 동여맨다
한 고랑, 한 고랑 땀구멍에서 솟아오르는 냄새가
거름 되어 고랑마다 뿌려지고 있다
수런거리며 피어나던 연분홍 옷고름
담긴 막걸리 빚던 어매의 핑경소리,

'아직도 밭고랑
치고 있는 겨'

방창方暢한 햇살이 머물러 노오란 민들레
꽃과 정분精分으로 희락喜樂하고 있던 나비
한 마리 밭고랑을 총총걸음으로 하나하나 세고,
서설瑞雪이 가득했던 어머니의 수심愁心이
가득 차 고랑 고랑에 누워 있다

* 날비 : 비가 올 징조도 없이 갑자기 내리는 비

봄내음의 시기猜忌

아등그러지는* 햇살을 안고 가는 남실바람이
밭두렁에 머무는 동안 물 한 모금 마실 요량으로
발-고린내 나는 장화를 벗는다
자연이 펼쳐 놓은 온열의 대지에 서러움도
없다는 듯이 생의 가시에 목울음도 덜어내지 못하는
벌 한 마리,
발 냄새의 진통에 가슴앓이하며
웅크리고 앉아 발끝을 핥는다
그 모습에, 가난처럼 늘 슬픈 모습으로
흐드러지는 안개꽃,
시근덕거리며 삣죽삣죽 제 향기를 말아 넣고
언덕 너머 드리워지는 그림자를 안아
탐욕스러운 마음 발끝에 던진다
옆에서 지켜보며 봄나물 다듬던 아내

"벌이 별짓을 다 하네"
"빨리 일 끝내고 집에 가자"

봄 내음이 그 말에
벌 한 마리 시기猜忌하고 있다

* 아등그러지는 : 날씨가 흐려 점점 찌푸려지다

106

해질녘 창문 너머로

장작불 아궁이 속의 촉촉한
고구마 껍질이 벗겨지듯
창문 너머 파르르 입술을 떨고 있는
선홍빛 장미꽃 속에 스며든 얼굴이
멈추어, 낙엽이 머물다 간 빈자리 채우고
찬 공기의 빛깔들을 구워내고 있다
꽃술의 단술에 취해 성긴 벌떼들의 신음 소리
벌겋게 익어가는 구름의 색깔을 더듬고
산등성이를 휘감아 피어나고 있는
소나무의 웅웅거림이 칭얼대고 있다
지난한 가마솥을 불태우던 어머니의
불어 터진 젖 몽우리 비추며
삶을 엮어가는
해질녘,
내 고향이
머물러 있다

요동치는 침묵의 바다

침묵의 바다가 요동치고
하늘도 땅을 치며 신음하고 있다
온 나라가 죄를 저지르고
지구가 폐허라고 울부짖고 있다

−확진자 10만명, 검사 진행 13,880, 격리자 122,
　사망자 600명, 아, 오미크론도…

온종일 방송들이 더 세게 피눈물을 두드리고
이 땅에 죄와 벌이 하늘이 아프도록 살풀이하고 있다
아픈 하늘이 땅에 상처를 주고
상처난 땅은 인간에게 울음이 되어
폭우를 쏟아내고 있다

"아, 그래,
무엇을 했는가"

피를 토하며 발버둥 치는 나약한 서민들의 아우성,

고통 속에 뼈가 썩어가는 죽은 시체들이
가늠할 수 없을 정도인데
'짜파구리−파안대소破顔大笑'

'우안짜요'
춘래불사춘春來不似春이다

낙산사 소나무

정자亭子 위 천년 세월의 청아한 혼을 담고
낙산사를 지켜온 소나무 한 그루,
포효하는 바다 포말泡沫을 감싸 안아
천년의 한恨을 수액으로 빨아들이고,
불타는 잿더미 속에서도
부처님의 자비가 물관부에
스며들어 뿌리를 지탱하고 있다
절벽을 품고 굳게 내린 뿌리는
돌개바람에 검푸른 피를
토해내는 바다를 삼키고 있다
온몸을 발가벗기는 찌물쿠*는 일日에
벌겋게 취해가는 소나무를 흘레하는 낙조는
둥지를 지키는 어미 새처럼 잉걸불로
낙산사를 품고 있다
점점 익어가는 그림자를 드리우며

* 찌물쿠는: 날씨가 물체를 푹푹 쪄서 무르게 할 만큼 매우 더워지다

여름 사랑

이른 아침,
봄꽃 향기를 뿜어내던
버드나무 가지 끝에
바다의 파도가 밀려와 출렁출렁,
뱁새가 여름을 집어삼키려고
매달려 푸르름을 쪼아
하늘로 올린다
피어오른 열꽃을 떨어뜨릴까봐
한 걸음도 옮기지도 못하고
바람이 몰고 오는 아침 햇살을
받아먹으며 나무와 같이 서 있다
질척질척 대는 발뒤꿈치의 호기심에
한 발짝, 한 발짝,
'터덕', '푸드득', '퍼드득',
목이 타는 여름을 짊어진 푸르름을 토하며
나를 밀쳐낸다 똥을 내 머리에 찍, 찌~익,
사, 라, 진, 다,
미, 쳤, 다, 고
그 가느다란 나뭇가지가
투덜투덜한다 절정絶頂에 불타오르는
여름 사랑을 모른다면서

모과나무꽃 아래 놔두고 있다

코로나가 시끌시끌한 봄
4월, 때아닌 찬 서리가 새벽에
다녀갔다고 눈을 꿈쩍거리는 모과나무
아래
먹을 것이 없어 둥지를 틀지 못하며
뒷모습만 남기는 멧새 두 마리 마냥
산길을 돌고 돌아도 굽이쳐 끝이 없는
길을 걷는 동자승의 서글픈 눈동자 마냥
모과나무가 하얗게 핀 꽃을 하늘에
맡기고 가슴을 떨구는 나무 앞에서
색깔 있는 꽃만 아름다운 꽃이라고
아이들 가슴에 피멍울을 남긴
흰꽃에 눈동자를 굴리며
나는 뼈마디가 튀어나오고,
젖가슴이 쭈그렁 해진 어매와
나의 멍든 손마디를
노을 지는 모과나무꽃 아래 놔두고 있다

제4부

봄을 심고 있습니다

숭고한 하늘을 떠바치고
가난의 슬픔을 동여매는
　　　까치 울음,
안개 걷히는 나무 끝에
매달려 찰랑찰랑 거린다

－「비온 뒤」부분

113

그리움

나무들의 귀때기를 대고 있으면
어매의 숨소리 가슴에 묻는다
발가벗은 등걸이 붙잡으면 피의 고름이
배어 있는 치맛자락 자늑자늑 흔들리고 있다
개똥이 부르는 목소리 밥을 짓다
눈물 자국이 굴뚝 따라 피어오른다
길이 아닌 곳을 가기 위해
서 있던 골목 어귀 발걸음,
해거름을 감고 있는 속살의
멍든 무늬를 수繡놓고 있다
타박타박 어매의 가난한 발자국 소리
아직도 길이 끝나지 않은 곳에 서 있다.

그대의 달팽이관을 더듬으며

새벽녘,
배추, 무의 피를 빨아먹고 있는
벌레를 잡으러 밭의 모퉁이에 선다
발 냄새에 몇 년 동안 시름시름
앓고 있는 장화를 신을 즈음,
대지를 혼수상태로 만든 무더기비* 속에서
울먹이던 풀잎들이 슬픈 모가지를
쑤욱쑤욱 내밀고 있다
칭얼대는 풀잎들을 가슴에
쓸어안고 훌쩍이는 뻐꾸기는
카랑카랑한 목소리로 나무를
훑으며 바람 따라 시집온 용광로를
불태우려 목이 다 쉰다
뻐꾹, 뻐~, 뻐-꾹
밭두렁 넘어 숲속에서 천년의 혼을
빚고 있는 도공陶工의 울부짖음을
대신代身하고 있다
혈청血淸을 쏟아 이산 저산
떨림을 뿌리고 있다
시詩
한恨
수繡를 신고 산을 넘고 있는

맑은 달에 햇살 가득 담아
골을 한 뜸 한 뜸 캐고 있다
그대의 달팽이관을 더듬으며

* 무더기비 : 폭우暴雨

참말

인생은 빈손으로 왔다가
간다는 그 말이 참말일까
새벽녘 달이 아침을 곱씹으며
까치 소리를 나뭇잎에 돌돌 말아
먹어 초록을 떨어뜨리는 소리
아침 햇살이 오월의 나뭇잎들을
살찌우다 칼날에 베어 잎
가지가 잘려 나가는 소리
8월의 한여름을 불태우던
매미가 나무 그늘을 애무
하며 울음을 터뜨리다
날개가 끊어지는 소리
멧돼지의 주둥아리에 땅콩
몸뚱어리가 씹히며 산고의
진통으로 껍데기가 으스러지는 소리
저 멀리 산등성이에서 불어오는
바람에 목이 쉬어 내 귓불을
어루만지며 속삭이는
멀고,
머 언
참말들

능소화

밤낮없이 불을 지피고
발가벗은 낯 뜨거움
'질라래비 훨훨, 질라래비 훨훨'
타는 가슴
천형天刑의 지열이
꽃을 더듬는다
절정 불태워
약천하는 빛줄기
궁문宮門 속에서
발아한다
앗, 뜨거!
앗, 뜨거!
뜨거!
호호,
내 사랑아.

봄을 심고 있습니다

질척한 언덕에 날빛을 받아
노오란 민들레꽃 한 송이
애처롭게 몸부림치며 어둠을
덜어내고 피어오릅니다

할매의 체혈體血을 삼키는
파종기 덜렁 누워 가난에 발가벗은
가냘픈 잎새들의 진통을 머뭇거리며
부둥켜안고 있습니다.

춘곤증에 졸린 눈을 비비는
황소 한 마리 꾸벅꾸벅 서성대며
짙어져 가는 마늘밭의 신음 소리
감싸고 눈물을 거두어 내고 있습니다

검붉은 벼슬들은 두려움에 떨며
감기에 쿨럭이는 풀잎들을
마구 쪼아대고 봄이 오는 소리를
꺾으려 하고 있습니다

봄의 초록을 들러 업고
등 굽은 허리들이 피어오르는

봄의 향연饗宴을 허공에 띄우며
봄을 심고 있습니다

회룡포*

내성천乃城川**이
돌고 돌아 억겁의 세월을 휘감아 돌리고 있다
바람도 마을 어귀를 허리춤에 감싸 물갈퀴 되어
물을 돌리고 있다
뽕뽕, 뽕뽕, 뽕뽕뽕·····
뽕뽕 다리***가 굽이쳐 흐르는 물을 마시며
고향 하늘을 머리에 낚아 올린다
외씨버선 신던 아지매의 숨소리가
물길 돌아 서녘 하늘에 걸쳐 넋두리한다
'고향 땅이 여기서 얼마나 되나······'
굼벵이 득실거려 침샘 돋우던
가난한 슬픔을 이고 사는 초가지붕은
조각난 나무처럼 낫으로 잘린 채,
강물에 머물러 어매의 치맛자락 울음 들린다
어매 젖무덤의 달콤함이 홍시 되어
아직 설익은 시계불알처럼
괘종소리만 울리고 있다
서러움에 병들어 있는 비닐 조각,
넋이 나가 떠 있는 페트병들,
까마귀떼들의 슬픈 귀청이 되어 있다
왜가리 한 마리 물 한 모금
허공으로 쏘아 올린다

물고기떼들의 비늘이
벗겨지고 있다

* 회룡포: 육지 속의 섬마을이라 칭함. 경상북도 예천군 용궁면 대
  은리 일대에 있는 마을로 낙동강 지류인 내성천이 감싸는 모습
  을 하고 있으며 건너편에 장안사長安寺와 마을을 볼 수 있는 회룡
  전망대(회룡대)가 있다.

** 내성천乃城川 : 경상북도 봉화군 물야면 오전리의 선달산(1,236m)
  에서 발원하여 남류 및 남서류하여 영주시, 예천군을 지나 문경
  시 영순면 달지리에서 낙동강에 합류하는 하천.

*** 뿅뿅 다리 : 1997년 회룡포로 가기 위해 만든 다리로써 발판 구
  멍에 물이 퐁퐁 솟는다 하여 퐁퐁 다리로 불리었으나 98년도에
  신문과 방송에서 퐁퐁이 아닌 뿅뿅으로 잘못 보도되어 이 이름
  이 더욱 많이 알려져 지금의 뿅뿅다리가 되었다.

초암사草庵寺* 가는 길
─ 죽계구곡竹溪九曲**

여름을 땅에 묻고 검붉은 소백산 기슭,
청아한 달그림자 구릉에 얹혀두는 풍경소리
적산가옥 달래며 조각난 극락정토 걸어 두고 있네

산사 가는 물줄기, 피로 얼룩진 바윗돌 부스고
억울함도 비켜 가지 못하는 산 내음 소리에
초암사길 가슴에 묻혀 오는 신음을 뱉어내어
천민의 넋 불경에 묻어 죽계구곡 젖어 있네

어우아 둥둥 어우아 둥둥
산사에 시름을 덜어내는 대금 소리
계곡 울음 되어 잦아드는 피 울림,
초암사 처마 밑에 매달려 짙어가는
붓다의 속죄를 되새김질하며
염주 알 속에 말아 넣고 있네

* 초암사草庵寺 : 경상북도와 충청북도의 경계인 소백산 국망봉 남쪽
  의 죽계구곡竹溪九曲에 있다.
** 죽계구곡竹溪九曲 : 경상북도 영주시 순흥면 죽계로315번길 (순흥면,
  초암사) 부근.
  옛날 퇴계 이황 선생이 계곡의 절경에 심취하여 물 흐르는 소리
  가 노래 소리 같다 하여 각 계곡마다 걸 맞는 이름을 지어주며
  죽계구곡竹溪九曲이라 불렀다.

낙엽

창문을 두들기며
한 잎 두 잎,
지난한 세월이 떨어지고 있다
푸르름을 땅에 묻고
시간은 스멀스멀 물음표를 채우며
되돌릴 수도 없는 도돌이표
시침이 돌아가고 있다
먼~ 산,
산 중턱 외딴집 홀로 서서
여울지는 노을을 바라보는
검푸르고 청초한 여인처럼
연청빛 실루엣으로
계약도 없는 그림자만 남겨놓고
한 해의 굴레를 벗어
높고, 가난한 생의
껍데기를 내려놓는다
하양 백발은 뒤안길에 벗어놓은
누이의 치맛자락에 엎드려 훌쩍거리는데……

비온 뒤

비온 뒤,
안개 뭉치들이 그 여름 한철
폭풍우 속에서도 쓰러졌다 일어서는
들꽃처럼 허공을 채워 물들이고 있다
까치 한 마리,
수런거리던 날개를 접고
나뭇가지 끝에 지탱하고
삶의 피를 토해내고 있다
그 속을 걸어가는 발걸음
안개 속을 더듬는다
두 갈래 길,
(어느 길을 가야 할지)
걸어왔던 길 끝에서
가지 않은 길 찾아
첫 발자국에서
숭고한 하늘을 떠바치고
가난의 슬픔을 동여매는 까치 울음,
안개 걷히는 나무 끝에
매달려 찰랑찰랑 거린다
내 발끝도 그곳에 머물러
허공만 바라본다

못다 핀 꽃 한 송이
- 영아 ○○이의 죽음에 부쳐

닭이 홰를 치며 새벽을 울릴 때,
못다 핀 꽃 한 송이가 선善을 띤 손에
대지의 피울림 되어 쏟아지고 있다

저 멀리 외로이 매달린 범종 소리도
서글퍼 하늘과 땅 사이의 부처님
울음으로 엄마의 심장을 갈라놓고 있다

'아가야, 너를 지켜주지 못해
미안해.
아가야. 다음 생애 다시 태어나면
너를 꼭 지켜줄게.
미안해. 엄마가……'

어여쁜 보살심菩薩心으로 가득 찬 너의 몸이
배부른 자의 배고픔이 되어 너의 가냘픈
새싹을 잘라 욕망慾望을 채우고 있었구나

외로워 산산이 부서진 조각배의 꽃이
된 너의 몸, 강물을 한 땀 한 땀 수繡놓아
극락정토, 선홍빛으로 물들이고 있구나

가을날

이른 새벽,
길가 옆,
시멘트 틈새로 또로록또로록 이슬방울 머금고 있는
코스모스가 꾸역꾸역 서로 밀치며 솟아나
울긋불긋 몸을 지탱하고 있었다
바람이 불어도 환한 웃음으로
밤새 뜬눈으로 밤을 지새우며 기다렸다는 듯이
그 틈새에서 피어난 이유를 아무도 모르는 발자취인 양,
어느새 길었던 그림자가 짧아져 하얗게 변하고 있다

어매 무덤

해가 중천에 떠 있는데도
귓불이 따갑다
학교 사택 안
등골이 다 패였지만
생기가 돋아나는
모과나무 가지 끝에
울퉁불퉁한 모과 한 개
대롱대롱,
칼날 같은 겨울바람이
내리치는 붉은 공복에
새하얀 피를 토하며
가지를 끝까지
붙잡고 있다

노을

산 너머 구름에 머물고 있는
그대 그림자를 따라가는
한 사내 때문에
젖내음 풍기는
깊은 골짜기
비추며
물들어
가는

사랑

첫사랑

살구꽃이 분홍 입술을
내밀어 바람을 차버린 날,
꽃봉오리에 꽃내음이
넘실거리는 어스름한 저녁,
푸른 소나무 부둥켜안고
멀리서 들려오는 암자의
풍경諷經소리에 취했었네

그대 숨소리 아스라이 젖었던
산 계곡의 적막함이,
그 풍경소리 빨아들이고
잦아들었던 고요 깨뜨려,
나무우듬지에 기댄 채
딱따구리 앙상블만
펼치고 있었네

어떤 슬픔

더딘 햇살을
안고 있는
계곡을 오른다

외딴집,
홀로 산을
지키고 있었다
긴,
긴,
겨울,
갈매운* 바람에도
묵묵히

어디 갈 곳이 없다.

고향 하늘이
갈무리 지어 떠 있다

* 갈매운 : 겨울 날씨가 따가울 만큼 차갑다

진한 그리움

진한 그리움은
겨울 초엽,
한 나무로 서서
발가벗은 채로
떨어지는 나뭇잎에
가슴의 상처를
말아버리는 것입니다
나날이 쌓여가는
낙엽 속에
그대와 나의
썩어가는 살을
묻어버리는 것입니다

기찻길 옆 아이들 1
- 운동장에서 -

찌릉, 찌릉, 찌~릉
교실에서 앓고 있던 아이들이
구름 떼지어 쏟아진다
어깨를 서로서로 부딪치며
상처 난 날개를 펼치는 새떼처럼,
운동장의 숨소리를 마시려고
흰 벽으로 물들여진 사각형의
틀 구멍 뚫고 욕구를 쏘아 올린다
학교 앞 강물 속의 물고기들도 지느러미를
공중으로 힘차게 펼친다
공들은 아이들 발에서 하늘을 향해 솟구쳐
갈증을 풀어 헤친다
운동장 옆으로 늘 훌쩍거리며 달리는
기차 바퀴에 마취되었던 마음을 실어
끝이 없는 곳으로 실어 나른다
아이들에게 평생 냄새나는 발을
씻겨주지도 못하고 가르쳤던
죄 많은 나도 날려 보낸다
미세 먼지로 다 낡아빠진 운동화,
똥으로 물들여진 넓은 들판,
골짜기에서 불어오는 바람에 절뚝거리며
아이들 울음을 삼키고 있다

아이들 가슴을 마음껏 풀어헤쳐
알몸뚱이로 살아도 부끄럽지 않은
울창한 숲을 헤치고 있다
이리저리 뜀박질하며……
삭풍의 모진 바람에도 몸을 비틀지 않는 장미
가시처럼 지구를 굴렁쇠 속에 굴리며
아이들의 가슴은 숨을 토해내며 해방을 맞이한다

기찻길 옆 아이들 2
- 낙엽을 긁어모으며 -

가을을 울리는 나른한 오후,
아이들 손을 잡고
바람에 가슴을 떨구고 있는
나뭇잎들을 하나하나
탑을 쌓는다

지열을 더듬다
화상을 몸에 두르고
못다한 꿈을
발산하지도 못하고
저리도 서글플까,
세상에 온통 붉은
몸을 던져 너의
황홀한 선혈을
뽐내지도 못하고
진물로 터져버린
생을 마감하며,
나뒹굴어도 상처를
삼키고 그래도 그
뜨거운 사랑을 했노라, 고
마지막을 불태우며
썩어가지도 못하고 있는가

너의 푸르름을 이승에
남기고 싶어 몸부림치다가
삭아버린 너의 몸뚱어리,
아이들의 눈망울에
아이들의 여린 손끝에
아이들의 가슴에
와! 와!
"붉은 핏기가 없어도 좋아요"
"쿠키 같아요"
"된장처럼 똥냄새
나도 좋아요"
"따뜻한 온기를 주는
이불 같아요" 라고.

톡톡,
폭신폭신 희망을
던져주어
꽃피우지도 못하고
검붉게 색칠해진
아이들의 울음을
강물에 실려 보낸다

기찻길 옆 아이들 3
— 산 노을 바라보며 —

아이들이 운동장에서 화선지에
철둑 넘어 피어나는 풍경을 그리고 있다
풍경 속에 모닥불이 활활 서녘 하늘을 삼키고
가난으로 찌든 여름을 벗겨내고 있다
운동장 나무들은 검붉게 익어가고
낙엽들도 뜨거워 자꾸 낮은 곳으로 내려앉는다
아이들 가슴에 색깔 물감으로 그리는 것,
빨강은 빨강, 노랑은 노랑,
초록은 초록, 파랑은 파랑……,
그렇게 하는 것이 조국祖國을 위한 길이라고,
붉게 색칠하였던 그 모닥불이 여전히 산을
휘감아 불그스레한 피를 토하여 여기저기 적시고 있다
풍경을 그리다 말고 어미 뱃속을 헤집고 나와 날갯짓하며,
한 줌의 흙이라고 움켜쥐려고 물고기 된 폭군들이
성난 파도를 무너뜨리듯 대지를 쿵쿵 울리고 있다
뛰고, 달리고, 엎어지고, 뒹굴고, 깨지고, 피가 나도
하늘이 열린다
모닥불 속에 피어나는 한 줌의 흙냄새,
불타는 풍경을 그리는 먹물의 색깔이
몽유도원도 부럽지 않으리
산골짜기에서 불어오는 바람이 가을을 그리고
아이들 꿈도 그린다

피멍 든 모닥불이 씻기며
아이들 가슴도 씻긴다
나는 타오르는 불꽃만 멀뚱멀뚱 바라보고 있다
씻기지 못하는 내 풍경을 허공에 그리면서

사랑한다는 것은

산오름 험한 바위틈 사이에서 피어나는
들국화 한 송이처럼 짓밟히는 순간에도
그대와 나의 삶의 꽃을 피워
함께 살아가는 것,

폭풍우 속에서도 쓰러졌다
굴참나무 틈새로 비춰오는
햇살을 받아 일어서는 풀잎처럼
어둠 속에서도 두려움을 참아내며
함께 두 손을 꼭 잡고 걸어가는 것,

한겨울을 보내기 위해 그토록
무성함을 벗어 버리려는 나목裸木처럼
이 세상이 던져버린 육체의 껍질을
벗기고 살점을 에이는 아픔을
함께 가슴에 꼭 안고 가는 것,

그렇게 그대와 나의 삶의
산등성이에 피어오르는
한 줄기 빛을 향해
함께 여물어가는 것입니다.

자아의 인식과 성찰의 서정적 진실

자아의 인식과 성찰의 서정적 진실

- 지상규 시집 『강둑에 어깨를 기대어 두고』

김 송 배

(시인·한국시인협회 심의위원)

1. 소박한 삶에서 인식한 "나"의 성찰

현대시 창작의 발상이나 동기는 어차피 "나"를 중심으로 해서 나의 삶과 나의 정서가 주축을 이루는 것은 당연한 일이다. 나 자신이 내 삶의 여정에서 생성한 궤적(軌跡)에서 회상하고 재생하는 사유(思惟)의 일단이 중요한 이미지로 창출되는 과정에서 작품이 발현되는 현상을 자주 목도(目睹)하게 된다.

"나"라는 개체(個體)는 이 세상에 태어나서 지금까지 영위한 생존의 과정에서 희노애락(喜怒哀樂)의 칠정(七情)이 나에게 얼마만큼의 정신적인 영향을 적시했느냐 하는 문제에서 자아(the ego) 인식의 개념이 성립하게 되고 더욱 발전적인 가치관 형성의 원류가 되고 있는 것이다.

여기 지상규 첫시집 『강둑에 어깨를 기대어 두고』를

일별하면서 이러한 경조부박(輕佻浮薄)하게 인지한 필자의 감응은 그가 자신의 소박한 삶에서 인식하는 성찰의 의미가 곧 존재의 가치를 탐색하는 상상의 세계를 유영(遊泳)하면서 "나"의 지향점을 정립하려는 그의 지적인 사유에 접근할 수 있어서 그가 갈구하는 시적인 주제를 이해하는 계기가 되고 있는 것이다.

일찍이 소크라테스는 "너 자신을 알라"고 외치면서 그의 철학적인 상징으로 인생의 심오(深奧)한 문제들을 아테네 광장에서 역설한 것을 보면 나 자신의 인식에서부터 출발하는 그의 학문을 이해하게 되고 프랑스의 여류작가 보부아르도 "내가 나로 인해서 나 자신의 존재를 인정하는 것이 바로 나이다. 완전히 나에게 속한 유일한 현실이란 두말 할 것 없이 나의 행위"라고 그의 글 「인간에 관해서」 중에서 말하는 것을 보면 "나"를 의식하는 많은 사유가 철학적인 경지에 까지 치닫고 있음을 알 수 있다.

지상규 시인은 이미 <시인의 말>에서 "등진 하늘을 가슴에 안고 쓰디쓴 삶의 여정을 깊은 강물에 담가/ 숨을 헐떡일 때도, 시마詩魔가 찾아오지 않아 밤을 지새우며, 새벽 별을/ 가슴에 얹어 놓고 시詩의 갈증을 풀어헤쳐 보려 대숲에서 불어오는/ 바람의 엉덩이를 밀어 나를 대숲의 파노라마에 실어보았다."는 의미심장한 언지로 "나"에 대한 진솔한 그의 정서에서도 그의 내적인 경지를 읽을 수 있게 하고 있다.

아직도 부족하다

내가 무슨 시를 쓴다고,
나뭇잎이 바람에 갈기갈기 찢기는데
나뭇잎의 아픔을 안아주지도 못하고
빗방울이 가슴에 멍이 들어 울화가 치밀어도
빗방울 눈물을 닦아주지도 못하고
접시꽃의 살갗이 햇볕에 에이어 목말라하는데도
에인 살갗에 물 한 모금을 발라 주지도 못하고
비바람이 문풍지를 뚫고 사랑의 속삭임을 뒤틀리게 해도
비바람 옆구리를 쳐서 달래주지도 못하고
순댓국 내장이 펄펄 끓어 아픔을 토해내는데도
돼지의 쓰라림을 엮어 내지도 못하고
밭고랑에서 정신없이 자란 풀들이 예초기에 사정없이 목이
잘려 나가는 데도 목을 보듬어 핏물을 쓸어 모아
장례식도 치루지 못하고
미루나무가 강물을 다 말아 먹어 고기떼들의 살점이
뜯어지는데도
고기떼에게 아까징끼를 발라 쓰다듬어 주지도 못하고
매미들은 나무 그늘을 기둥 삼아 울어 대며 시詩도
못쓰면서 잘 난체 한다고 쓰브렁, 쓰브렁,
나는 무슨 소린지 듣지도 못하고 멍청하니
귀만 빌려주고 있다

아, 그런데
연필이 손끝을
쿡, 쿡,
피가 난다,

아프지도 않다.

– 「아직도 부족하다」 전문

그렇다. 지상규 시인은 "아직도 부족하다"는 전제를 그의 인생론 첫 구절을 장식하는 것을 보면, 어쩐지 그가 지금까지 살아온 실체에서 아직도 너무나 많은 부족함을 인식하고 있다. 그는 "내가 무슨 시를 쓴다고,"라는 단서를 먼저 제시하면서 "못하고"라는 형용사 어미를 붙여서 그 자신이 아직 미치지 못하는 실상을 적나라하게 적시하고 있는 것이다.

그는 나뭇잎의 아픔이나 빗방울의 눈물과 접시꽃의 목마름, 비바람의 사랑의 속삭임 등등 이루어 헤아릴 수 없는 자연의 아픔이나 고통을 쓰다듬거나 치유해 주지 못하는 자신의 무능함을 애통하게 자성(自省)하고 있어서 그의 삶에서 적응하는 현실적인 상황들과의 괴리(乖離)가 곧 그의 부족함으로 적시하고 있는 것이다.

이러한 그의 심저(心底)에는 "매미들은 나무 그늘을 기둥 삼아 울어 대며 시詩도/ 못쓰면서 잘 난체 한다고 쓰브렁, 쓰브렁,/ 나는 무슨 소린지 듣지도 못하고 멍청하니/ 귀만 빌려주고 있다"는 결론에서 다양한 삶의 형태에서 들려주는 인간사의 적응에는 많은 난관(難關)이 상존하고 있음을 인식하고 있는 것이다.

지상규 시인의 자아 인식은 작품 「빈집」 중에서 "빈집의 구들장이 되어 남을 위해 뜨거워지지 못하고/ 혼수상태인 채로 있는 나는 무어라 할까"라거나 「새벽바람」 중에서 "멍든 가슴을 시로/ 노래할 수 없는/ 나,/ 울음을 시 울림으로/ 토해내지 못하는/ 나,/ 내가 죽어 있다,"
그리고 「용서」 중에서도 "내 안의 침묵이 그대를/ 아프
게 했고/ 내 안의 고름이 그대의/ 가슴에 피멍으로 물/
들게 했으니/ 그대에게 한 번의 상처를/ 안아주지 못했
습니다"는 어조(語調)는 자신이 진정으로 참회(懺悔)하는
심경을 이해하게 된다.

　　모두가 떠나고 혼자다
　　국제선, 국내선 불빛만
　　방랑객의 발걸음을 지척지척,
　　삶의 무게를 비행기 바퀴에
　　매달아 하늘로 날린다
　　생의 굴레를 구름떼 끝,
　　창공 속 쉼터에 안착 시킨다
　　삶의 상흔傷痕을 날개에 얹혀두고
　　외롭게 날아가는 비행기처럼
　　제 항로를 따라 혼자인 것을,
　　이제는
　　이순耳順, 느리게 가야할 때도 되었는데
　　生의 미련이 남았는가
　　한 계단, 한 계단 밟아도 되는 것을,
　　스르륵 스르륵 에스컬레이터에 몸을 실어
　　비행기 속에 나를 밀어 넣는다
　　한 마리 떠있는,
　　아니, 떠도는
　　새가 되어,

146

극락極樂을 맴돌고 있다
구름 위
수평선 끈을 붙잡는
뱃사공이 허공을
낚아챈다

                                        - 「허공」 전문

　다시 지상규 시인은 부족한 자신의 위상(位相)에 대해
서 상당한 고독감을 감지하고 있다. 그는 "모두가 떠나
고 혼자다"라는 자괴감(自愧感)에서 생성하는 고독감이
이순(耳順)의 생애에서도 "생의 굴레를 구름떼 끝,/ 창
공 속 쉼터에 안착시킨다/ 삶의 상흔傷痕을 날개에 얹혀
두고/ 외롭게 날아가는 비행기처럼/ 제 항로를 따라
혼자인 것을,"이라는 어조로 허공을 응시하고 있는 것
이다.
　이러한 심리적인 변전(變轉)에는 "한 마리 떠있는,/ 아
니, 떠도는/ 새가 되어,/ 극락極樂을 맴돌고 있다"는 자신
의 심중에서 궁극적으로 해법을 탐구해야 하는 삶의 상
흔이 "구름 위/ 수평선 끈을 붙잡는/ 뱃사공이 허공을/
낚아챈다"는 상념(想念)을 지울 수가 없어지고 있는 것
이다.
　이러한 그의 내면 의식은 작품 「강둑에 어깨를 기대
어 두고」 중에서 "한 마리 나비 되어 내 몸 구석구석/
싣고 은빛 비늘과 함께 솟구치고 있구나/ 강둑에 어깨를
기대어 두고/ 나 혼자만 남아 있다"라는 고독을, 「뱅갈
고무나무가 나를 집어 삼키고 있다」 중에서 이젠 "외롭

지 않으리/ 이제는 애처롭게 손을 뻗지 않아도/ 어느 가을날 병들어 낙엽 되어 썩어가는/ 흙무덤 되어도 얼마나 다행이랴/ 그대 푸르름을 간직한 고무나무 되어/ 나를 지켜보고 있으니"라는 등의 어조로 명민(明敏)하게 고독한 상황을 해갈(解渴)하는 조화의 해법을 적시하고 있어서 사유의 변화가 가독성(可讀性)으로 현현하고 있음을 이해하게 한다.

2. 계절의 섭리와 춘하추동의 이미지

지상규 시인은 자아의 탐구에서 자애(自愛)의 심층적인 깊이를 심도(深度)있게 발현하였으나 이는 삶의 여정에서 창출하는 사유의 지향이 인생행로에서 새로운 가치관이나 인생관 형성에 폭넓게 사려(思慮)의 정감적인 메시지로 해법을 정리하였으나 이러한 삶과의 동행에는 시간성, 즉 세월이 동반하는 사계절의 섭리를 외면할 수는 없을 것이다.

그는 사계절의 섭리에 대한 다채로운 변화의 현장에서 착목(着目)하는 사물들의 언어가 그의 의식에서는 사계절마다 감지하는 이미지가 서로 다른 차이의 언어로 또는 그림으로 들려주거나(telling) 보여주고(showing) 있다.

일찍이 장자(莊子)도 "밤과 낮은 생과 사와 같고 춘하추동 사계절은 사람의 일생과 같아서 삶의 힘으로는 어쩔 수 없는 자연의 법칙"이라고 했으며 옛날 정도전의 「삼봉집」에서는 "봄이란 봄의 출생이며 여름은 봄의 성

장이며 가을은 봄의 성숙이며 겨울은 봄의 수장(收藏)이
다"라는 언지로 계절의 특성을 논한 바 있어서 계절의
순환에서 획득하는 우리 인간들의 심리적인 변화는 필
설(筆舌)로 형언키 어려울 것이다.

> 불꽃으로 물들여지는 세상에
> 피지도 못한 너는 용쓰고
> 참살이 삶을 다시 꿈꾸고 있는 것인가
> 뒤집기 하여 구겨진 삶을 지피기 위해,
> 겁도 없다, 겁도 없다
> 하나,
> 하나,
> 하나, ……
> 하늘을 향해, 땅을 향해
> 내미는 것을 보면,
> 저 어린 새순도 짝짓기 하여
> 이 봄을 살찌우러 나오는 것이라고나 할까
> 쳐다보아도, 쳐다보아도
> 온 몸의 털들이 일어서고 있네
> 나도,
> 높고, 하찮지만 따뜻한 삶을
> 살찌우는 산수유나무 되고 싶다
> 메마른 땅에서
> 봄이 오는 소리 들린다
>
> — 「봄이 오는 소리」 중에서

우선 "봄이 오는 소리"에서 들리는 청각적인 이미지는 "참살이 삶을 다시 꿈꾸고 있는 것인가"라는 의문에서부터 출발하여 "구겨진 삶을 지피기 위해," 겁도 없이 뒤집기를 하고 있다. 이러한 그의 인식에는 만물의 희망이 피아니시모(pianissimo)로 여리게 들리고 있다.

봄은 새 생명이 탄생하는 희망의 계절이며 새로운 출발로 비상(飛上)하려는 활력의 계절이다. 영국의 시인 워즈워스는 "봄철의 숲속에서 솟아나는 힘은 인간에게 도덕상의 악과 선에 대하여 어떠한 현자(賢者)보다도 더 많은 것을 가르쳐 준다"고 했다.

지상규 시인도 참살이 삶의 의미를 다시 확인하기 위해서 "나도,/ 높고, 하찮지만 따뜻한 삶을/ 살찌우는 산수유나무 되고 싶다"는 소망을 기원하고 있는 것이다. 그는 다시 "애끓는 내 마음을/ 치렁치렁 허공에 띄워/ 붉은 상흔傷痕 한 아름 담아/ 그대에게 백지 편지 보낸다(「봄의 소리」 중에서)"는 어조로 봄이 전해주는 소리를 듣고 있는 것이다.

이처럼 그는 봄에 관한 작품 「봄내음의 시기」 「봄을 심고 있습니다」 등에서도 봄이 풍기는 향훈과 더불어 생동하는 메시지를 보내고 있는 것이다.

햇살을 삼키고 있는 향나무
가지가 시끄럽다

여기저기 여름을 삼켜보려고
가을의 펜 끝을 그리는 멧새 두

마리가 내 귀를 붙잡고 있다
그대를 달래주지 못한 마음을
몰골로 침침해지고 있는 나무
가지 위에 걸어 두고 칭얼대
고 있는 것일까
그대 가슴에 대못질 하던 나를
가지 끝에 내 귀를 매달아
두고 쪼아대며 당신의 눈물을 말아
넣으려 하고 있는 것일까
당신의 심장에 냉가슴을 앓게 해
놓고 떠나 버린 구름의 치맛자락
속에 내 가슴을 감아 두고 당신을
치유하려는 것일까
낙동강 모래밭에서 한 점, 한 점,
조개껍질을 묶은 목걸이를 내동댕이
치고 끝내는 사랑을 묻어버린 새들의
부리를 들이대고 있는가

－「가을 소묘」 전문

　지상규 시인의 계절 감응은 「여름 사랑」과 「매미 울
음 그치는 날」을 제외하고는 가을의 이미지가 많이 발
현되고 겨울 이미지도 「겨울 연가」 「겨울밤」에서 머물
지만 가을에 다한 그의 숙성한 풍요의 이미지가 다수
생성하고 있음을 읽을 수 있게 한다.
　가을에 대한 이미지나 상징은 대체로 오곡백과가 무
르익어서 풍요로움이어서 모두가 풍성한 생활에서 넉넉

한 정신으로 발현되지만 낙엽이나 엷어지는 햇살에서는 어쩐지 고독하고 애련(哀憐)의 심정이 가득 차는 계절이기도 하다.

그는 이 가을에서도 "나"를 중심축에 놓고 저기 가을 햇살을 받고 있는 향나무 가지에 앉은 멧새 두 마리의 요란한 지저귐에서 그는 "그대"라는 화자를 대칭적으로 내세우고 "당신의 심장에 냉가슴을 앓게 해/ 놓고 떠나 버린 구름의 치맛자락/ 속에 내 가슴을 감아 두고 당신을/ 치유하려는 것일까"라는 의문의 어조로 가을 정경을 자신의 가슴속으로 흡인하고 있는 것이다.

가을이 되면 우리들은 천고마비(天高馬肥)이니 등화가친(燈火可親)이니 황국(黃菊)단풍(丹楓) 그리고 추풍낙엽(秋風落葉) 등의 어휘로 가을을 장식하면서 우리 시인들은 자신의 정서와 사유의 정점(頂點)에서 가을을 노래한다. 지상규 시인도 작품 「가을밤」 「가을바람 거두는 강둑」에서 계절적 서정이 넘치는 그의 어조를 들을 수 있게 한다.

3. 향수와 사모곡, 그 그리움의 진원지

지상규 시인의 뇌리(腦裏)에서 영원히 지워지지 않는 불망(不忘)의 이미지가 남아 있어서 그의 상상력이 재생하는 처처(處處)마다 그의 시적 모티브로 작용하는 것이 바로 고향과 어머니에 대한 회상이 동시에 현현되는 시법을 선호(選好)하고 있다.

이처럼 고향에 대한 향수(鄕愁)와 어머니에 대한 사모

곡은 보편적인 사고(思考)의 범주(範疇)에서도 지워질 수 없는 영원성을 가지지만 지상규 시인의 사고에서는 아스라한 추억에서 그리움의 진원지가 되고 있어서 공감의 영역은 확대되고 있는 것이다.

그는 "모진 세월의 날을 세우던 삽으로/ 골을 다듬어 가난한 슬픔을 동여맨다/ 한 고랑, 한 고랑 땀구멍에서 솟아오르는 냄새가/ 거름 되어 고랑마다 뿌려지고 있다/ 수런거리며 피어나던 연분홍 옷고름/ 담긴 막걸리 빚던 어매의 핑경소리,"라는 옛 농촌의 애환이 깃든 밭고랑에 뿌려지는 "어매의 핑경소리"에서 그는 어머니의 목소리를 듣고 있는 것이다.

그는 다시 '아직도 밭고랑// 치고 있는 겨'// 방창方暢한 햇살이 머물러 노오란 민들레/ 꽃과 정분精分으로 희락喜樂하고 있던 나비/ 한 마리 밭고랑을 총총걸음으로 하나하나 세고,/ 서설瑞雪이 가득했던 어머니의 수심愁心이/ 가득 차 고랑고랑에 누워 있다(이상「밭고랑 치는 날」중에서)라는 어조는 참으로 눈물겹게 여한(餘恨)으로 생성하는 시법이다.

장작불 아궁이 속의 촉촉한
고구마 껍질이 벗겨지듯
창문 너머 파르르 입술을 떨고 있는
선홍빛 장미꽃 속에 스며든 얼굴이
멈추어, 낙엽이 머물다 간 빈자리 채우고
찬 공기의 빛깔들을 구워내고 있다
꽃술의 단술에 취해 성긴 벌떼들의 신음 소리

벌겋게 익어가는 구름의 색깔을 더듬고
산등성이를 휘감아 피어나고 있는
소나무의 웅웅거림이 칭얼대고 있다
지난한 가마솥을 불태우던 어머니의
불어 터진 젖 몽우리 비추며
삶을 엮어가는
해질녘,
내 고향이
머물러 있다

―「해질녘 창문 너머로」 전문

지상규 시인의 향수는 그의 시야에 펼쳐진 파노라마
(pnorama)로 서정적인 절창(絶唱)으로 우리들에게 고향
과 어머니의 추억이 삶의 아련한 지표(指標)로 남아 있
어서 공감을 흡인하고 있는 것이다. 그는 해질녘의 산촌
정경이 서정적인 이미지로 전개하다가 "지난한 가마솥
을 불태우던 어머니"와 "장작불 아궁이 속의 촉촉한/ 고
구마 껍질" 그리고 거기에 머물러 있는 "내 고향"의 그
리움이 동시에 현현되는 이 시법은 그가 평소에 간직한
시혼(詩魂)의 원류가 바로 고향과 어머니라는 점을 간과
(看過)하지 못할 것이다.

그는 작품 「어매 국시」 중에서 "어매의 울퉁불퉁한
손등 냄새도 수평선 끝이 되어, 외롭고, 높게,/ 날아온
그리움, 치렁치렁 국시다발을 내다 걸고 있다"라거나
「조개꽃」 중에서도 "달구리에/ 가난의 치맛자락/ 도려내
는 어머니 한恨/ 숨소리 묻어내는/ 외로움을 씻어/ 지열

을 뚫고 펼쳐/ 진다,"는 "어머니의 한"의 숨소리가 그의
인생에서 깊이 잠재해 있는 그리움의 발원지가 되고 있
는 것이다.

> 나무들의 귀때기를 대고 있으면
> 어매의 숨소리 가슴에 묻는다
> 발가벗은 둥걸이 붙잡으면 피의 고름이
> 배어 있는 치맛자락 자늑자늑 흔들리고 있다
> 개똥이 부르는 목소리 밥을 짓다
> 눈물 자국이 굴뚝 따라 피어오른다
> 길이 아닌 곳을 가기 위해
> 서 있던 골목 어귀 발걸음,
> 해거름을 감고 있는 속살의
> 멍든 무늬를 수繡놓고 있다
> 타박타박 어매의 가난한 발자국 소리
> 아직도 길이 끝나지 않은 곳에 서 있다.
>   ─「그리움」 전문

　지상규 시인의 진정한 그리움의 정수(精髓)는 "어매의
숨소리"와 "눈물 자국"과 "멍든 무늬" 그리고 "어매의
가난한 발자국 소리"에서 정리되고 있다. 이는 그가 고
향에서 어머니에게서 듣고 본 어머니의 행적에서 재생
한 하나의 효심(孝心)에서 발원한 시적인 진실이라고 할
수 있을 것이다.
　우리의 김남조 시인이 어느 글에서 어머니하고 부르
면 지체없이 격렬한 전류가 내 몸에 흐르는데 이는 아

푼 전기라고 했다. 아프고 뜨거워서 견딜 수 없는 전류가 내 온몸에 흘러내린다는 말로 어머니의 진한 사랑을 전해주고 있는 것이다.

이 외에도 작품 「어매 무덤」 전문에서 "해가 중천에 떠 있는데도/ 귓불이 따갑다/ 학교 사택 안/ 등골이 다 패였지만/ 생기가 돋아나는/ 모과나무 가지 끝에/ 울퉁불퉁한 모과 한 개/ 대롱대롱,/ 칼날 같은 겨울바람이/ 내리치는 붉은 공복에/ 새하얀 피를 토하며/ 가지를 끝까지/ 붙잡고 있다"라는 애통해 하는 그의 시심을 엿보게 하고 있다.

4. 자연에서 탐미하는 서정적 자아

지상규 시인은 자연 정서에도 흠뻑 몰입해 있음을 알 수 있다. 산과 들, 물과 꽃 등 지천으로 깔려있는 만유(萬有)의 자연현장에서 그가 감응하는 자연의 이미지는 그 섭리와의 순응에서 발흥하는 시적인 메시지가 우리들에게 다양한 생명력을 흡인시켜주고 있는 것이다.

그는 일찍이 공자가 논어에서 말한 요산요수(樂山樂水)에 심취했는지("지혜로운 사람은 물을 좋아하고, 인자한 사람은 산을 좋아한다. 지혜로운 사람은 움직이고, 인자한 사람은 고요하다. 지혜로운 사람은 즐겁게 살고, 인자한 사람은 장수한다."(子曰, 知者樂水, 仁者樂山. 知者動, 仁者靜. 知者樂, 仁者壽.) 산수(山水)와 거기에서 자생하는 초목(草木)에 대한 지대한 관심을 엿볼 수 있을 것이다.

산,
멈춰버린
새들의 지저귐,

돌 틈새로 피어나는
야생화 세상을 잠재우려
몸부림 치고 있는 허탈한
마음과 그대의 아픔을 송골
송골 맺힌 땀방울을 이마에 삭히고

꽉 찬 나무들 틈새 비춰 오는
한 줄기 빛 떠가는 구름에 못다한
노래 가락 띄워 보내고

목이 터져라 울부짖는 메아리 되어
개암나무 끝에 매달려 웅크리고 있다
처절하게, 피 울림으로 서녘 하늘에 나를
파묻어 삼키고 떠나갈 듯이

　　　　　　　　　　　　－「산을 오르며」 전문

　그는 산행(山行)에서 먼저 각종 멧새들의 지저귐과
"돌 틈새로 피어나는/ 야생화 세상"에서 그가 깊이 은닉
隱匿해 두었던 자연 서정의 감도感度를 이해하게 된다.
그는 이처럼 "산을 오르며" 정감적으로 소통하는 메시
지는 마지막 연을 장식한 "처절하게, 피 울림으로 서녘
하늘에 나를/ 파묻어 삼키고 떠나갈 듯이"라는 어조에서

몸부림과 허탈과 아픔이 농축된 자신의 속내를 지금까지 "못다한 노래 가락"으로 한 줄기 떠가는 구름에 띄워 보내면서도 "목이 터져라 울부짖는 메아리"로 형상화하고 있는 것이다.

그는 작품 「낙산사 소나무」 중에서 "포효하는 바다 포말泡沫을 감싸 안아/ 천년의 한恨을 수액으로 빨아들이고,/ 불타는 잿더미 속에서도/ 부처님의 자비가 물관부에/ 스며들어 뿌리를 지탱하고 있다"는 낙산사에 뿌리내린 소나무와의 교감은 무엇인가 우리들 가슴에 한을 용해하는 느낌으로 다가온다.

이 밖에도 작품 「노을」 「무릉 갈대 신음 소리」 「모과나무 아래서」 「낙엽」 「초암사 가는 길」 「마라도 가는 길」 등등에서 그가 탐미하는 서정이 지속적으로 흐르고 있음을 알 수 있을 것이다.

> 동부새 부는 그 어느 날,
> 가파른 길을 돌고 돌아 바위 틈새
> 몸을 깎아 비틀고 있는 꽃입니다.
> 마음을 붙들지 못하고 조마조마한
> 삶을 바위에 기대어,
> 기다림에 지쳐서 떠날 수밖에
> 없었던 당신 손을 멀어져가는
> 구름에 묶어 보내야만 했습니다
> 시들어 떨어진 자리를
> 떠나지 못하고 울먹이던 나뭇잎들은
> 출혈로 가득 찬 당신 가슴을

보듬어 안고 괴로워했습니다.

휘몰아치는 싹쓸바람도 가냘픈

허리를 감싸 안으며 당신과 함께

걸어야 할 꽃이었기에 세월의 가시에

피 흘림을 쏟아내었습니다

너울지는 기다림을 참아내었던 시간들,

잡아도 잡아도 그리움의 끈은 멀어져만

갑니다 또 다시 비틀거리며 낡아가는

몸을 강물에 띄워 보냅니다.

- 「상사화」 전문

이 상사화는 꽃전설에 따라서 서로 사랑을 대면하지 못하는 안타까운 꽃이다. 지상규 시인은 다양한 화훼류에서 미적(美的)인 이미지를 탐구하고 있는데 "마음을 붙들지 못하고 조마조마한/ 삶을 바위에 기대어,/ 기다림에 지쳐서 떠날 수밖에/ 없었던 당신 손을 멀어져가는 / 구름에 묶어 보내야만 했습니다"라는 비감(悲感)의 어조에 읽을 수 있듯이 상사화가 던져주는 언어는 "세월의 가시에 피흘림"이나 "너울지는 기다림을 참아내었던 시간들" 그리고 "잡아도 잡아도 그리움의 끈은 멀어져만" 가는 비련(悲戀)의 메시지가 가슴 뭉클하게 전류로 흐르는 의식을 이해하게 한다.

지상규 시인의 자연 서정은 그에게 닿는 시야 어디서나 활화산처럼 타오르고 있다. 작품 「모과나무꽃 아래 나를 놔두고」 중에서 "젖가슴이 쭈그렁 해진 어매와/ 나의 멍든 손마디를/ 노을 지는 모과나무꽃 아래 놔두고 있다"거나 「철쭉꽃」 중에서도 "그 옛날,/ 동구 밖 엷은 살갗을 드러낸 살구나무 밑 첫/ 사랑이 줄줄 흘러내리고 있다/ 못내 서러움을 빚어내는 절구통에 쿡쿡 가슴을/ 도려내어 삼월의 눈 속에 나를 밀어 넣고 있다"는 그의 친자연적인 시상(詩想)은 서정적 자아의 창출을 위해서 찬양할만한 시법이라고 느껴진다.

5. 결(結)-이상향을 위한 지향 의식

지상규 시인은 이 시집을 통해서 자아의 인식은 물론, 자아 성찰을 통해서 새로운 인생론과 가치관 정립을 위한 예각(豫覺)의 단계를 설정하는 출발 작업이라고 할 수 있다. 그는 "무상무념인 밧줄에/ 모가지가 걸린 채로,/ 몸을 깎아/ 세월을 낚고 있는/ 절벽만 바라보며/ 하염없다,(「무릉武陵에서」 중에서)"는 어조와 같이 옛 도연명의 무릉도원의 이상향을 꿈꾸고 있는지도 모른다.

그는 자아 인식과 성찰 과정에서 수긍(首肯)한 삶의 질(quality life)에서 궁극적으로 섭취(攝取)한 진실이 무엇인가를 사계절의 시간성과 여기에서 회귀한 향수와 사모곡 그리고 자연 서정에의 동화(同化) 등이 균질화(均質化)한 인생관으로 정립하는 시적인 창조과정을 거치면서 그는 세파(世波)의 다변적인 유혹에 인내하면서도 낭만이 동행하는 술과의 정감을 통한 인생론을 극대화하고 있는 것이다. 대체로 다음과 같이 현현되고 있다.

- 거무스름한 저녁을 뚫고 던지는/ 별빛 줄기들이
  자욱한 연기 속에서/ 소주 한 잔 들이키며 트림
  하고 있다 (「검은 쇠 몰고 오는 저녁」 중에서)
- 끝 모퉁이는 너와 나의/ 사랑을 묻어 두고/ 병어
  살점을 한 점, 두 점,/ 허공에 소주 한 잔 띄워/
  너의 가슴을 풀어 헤친다 (「천사대교」 중에서)
- 소주잔은 이슬 맞으며 점점 어두워/ 지는 새벽별
  속에서 하얀 살갗을/ 드러내는 진주들을 (「거리가
  취해서」 중에서)
- 막걸리 잔은/ 한 잔 한 잔/ 고향의 향기를 내뿜
  으며/ 자신을 채워간다 (「막걸리를 마시며」 중에
  서)
- 정상주頂上酒 한 잔은 풀잎들의 지저귐을/ 고즈넉
  하게 만들고 산 넘어 피눈물로 / 오물을 뱉어내
  는 굴뚝에는 어둠에/ 지친 별들이 이취泥醉에 타
  들어 갑니다. (「이취泥醉한 별들」 중에서)
- 가슴에 다 못 새긴/ 그리움을 소주잔에 담그고/
  뿌연 공기를 품은 바닷물을/ 들이마신다 (「하얀
  밤바다」 중에서)
- 들풀이 입김을 불어 강가 실내포장마차에/ 삶의
  고름으로 얼룩진 시간의 끈을 풀어 헤친다/ -이
  모, 오늘은 소주 말고 다른 거/ -위는 청주淸酒
  고/ 아래는 농주農酒고/ -무슨 차이/ -위는 맑아
  윗분들이 마시는 것/ 아래는 흐려서 아랫분들이
  마시는 것/ 섞어 마시면 막걸리, 잡부들이 마시
  는 것/ 그대는 안 어울려, 청주淸酒가 좋아/ 너덜

너덜한 서러움을 말아먹던 막걸리 잔에 (「명정酩
酊한 하회탈들의 웃음」 중에서)

　지상규 시인은 전형적인 서정시인이다. 그의 시적인
진정성은 이러한 소탈한 실생활의 현장에서 발현하는
인간의 진실이 그의 작품에서 감동을 유발하는 동인(動
因)이 되고 있음을 이해하게 한다. 시는 우리 인류에게
행복한 삶을 제공하는 패턴(pattern)을 유념하게 되는데
지상규 시인도 이러한 존재의 개념에 충만한 지향점을
소유하고 있어서 앞으로 더욱 활력 넘치는 시정신의 함
양으로 확고한 시세계를 구축할 것으로 확신하게 된다.
그의 서정적인 사유는 영원할 것이다.
　시집 출간을 축하한다. ✍

지상규 시집

강둑에 어깨를 기대어 두고

1판 1쇄 펴낸날 2022년 7월 20일
지은이 / 지상규
펴낸이 / 김송배
펴낸곳 / 도서출판 시원
등 록 2000.10.20. 제312-2000-000047호
03701. 서울시 서대문구 연희로 11사길 16-4
전 화 : 010-3797-8188
E-mail : ksbpoet@daum.net
Printed in Korea ⓒ 2006. 시원
찍은곳 / 신광종합출판인쇄 (Tel 02-2275-3559)
배부처 / 책만드는집 (Tel 02-3142-1585)
04022. 서울시 마포구 양화로3길 99. (지하)

ISBN 978-89-93830-55-2   03810

값 / 12,000원